Beletra Almanako (BA)

www.beletraalmanako.com

ISSN 1937-3325
Aperas numeroj februara, junia kaj oktobra.
N-ro 49 (Februaro 2024; 2024/1). ISBN 9781595694799
Eldonas: ©2024: Mondial, Novjorko (Usono)
Respondeca eldonisto: Ulrich Becker
Redaktas: Probal Daŝgupto, István Ertl, Jesper Lykke Jacobsen,
Suso Moinhos, Nicola Ruggiero, Anina Stecay.
Rubrikaj bildoj: Asha Thadani

Kiel mendi / aboni? Jen du ebloj:

❶ **Por ricevi de nun aŭtomate ĉiun novan numeron de *BA* (ĝis even-
tuala malmendo), skribu retmesaĝon al *libroservo@co.uea.org* kun
la indiko "Konstanta mendo de *BA*".** Zorgu nur havi sufiĉe da mono en
via UEA-konto. UEA debetos vian konton je ĉiu nova numero.

❷ Ĉe Mondial vi povas aĉeti ĉiun unuopan *BA*-on samkiel alian libron. La
prezo estas indikita en nia vendo-retejo: mondialbooks.square.site/beletra-
almanako. Eblas ankaŭ pagi rekte al bank-kontoj en Eŭropo aŭ Usono. Demandu
la eldonejon (informo@librejo.com).

Se vi loĝas en EU, prefere aĉetu aŭ abonu tra UEA:
libroservo@co.uea.org.

Por aĉeti *BA* kiel bitlibron, vizitu bitlibroj.com.

Kontribuaĵojn oni sendu retpoŝte, prefere unikode aŭ x-alfabete, al la ret-
adreso de *BA*: **redaktejo@gmail.com.**

Kontribuaĵoj sekvu la regulojn legeblajn ĉe:
beletraalmanako.com/kontribui

Ankaŭ fotistoj, desegnistoj, ilustristoj bonvenas. Ili bonvolu skribi al la sama
redakteja ret-adreso.

Eldonejoj dezirantaj aperigon de **recenzoj** bv. sin turni al la sama redakteja
ret-adreso (sufiĉas la sendo de nur unu ekzemplero rekte al la recenzonto,
post interkonsento kun *BA*).

Por **anoncoj aŭ reklamoj:** skribu rekte al **informo@librejo.com.**

Ĉiujn ceterajn demandojn pri la eldonado kaj dissendo bv. direkti al:
informo@librejo.com.

Pri la enhavo de la kontribuoj responsas la aŭtoroj mem. Tio validas retro-
spektive por ĉiuj numeroj de *Beletra Almanako* ekde *BA1* (septembro 2007) ĝis
nun. ◆ **La lingvaĵo de kontribuoj publikigataj en *BA* laŭeble konformu
al la komunume evoluigata ĝenerala normo**, kun *NPIV* (presita kaj reta) kaj
PMEG kiel ĉefaj referencverkoj, interkonsente kun la aŭtoroj.

Eldonejo: Mondial, 203 W 107th Street, #6C, New York, NY 10025, Usono
Faks-numero: +1-208-361-2863; Telefono: +1-646-807-8031

Enhavo

* * *

Rubrikaj bildoj: Asha Thadani (ashathadani.com)

Asha Thadani estas arta fotisto loĝanta en Bengaluro, Barato. Ŝiaj bildoj pritraktas temojn kiuj esploras povo-strukturojn. Ŝi eksponis siajn verkojn en Parizo kaj en la grava barata art-institucio NCPA, kaj estis elektita kiel kandidato al la prestiĝa premio Henri Cartier Bresson 2015.

Ni prezentas fotojn de la serio "Broken" (Rompitaj), kiu montras la vivon de diversaj komunumoj de dalitoj (aŭ netuŝebluloj, la plej malalta kasto en Barato). Tra niaj paĝoj pasas *nachniya*-j, genro-fluaj amuzistoj el la komunumo *musahar* (musĉasistoj) de Biharo; dalitoj el la karbominejoj de Jharia, kie ili sklavece laboras ĉ. 18 horojn tage; junaj monaĥoj, kiuj konvertiĝas al budhismo kun la espero liberigi sian animon de socie ekskluditaj personoj; prilaborantoj de kaprokapoj, kiuj ne rajtas eniri en bazarojn kaj vivas maksimume 35-45 jarojn pro la malfacilaj vivkondiĉoj; kaj *jogini*, seksaj sklavinoj (ili loĝas en Telangano kaj Andra-Pradeŝo).

Prezento

de Anina Stecay

Antaŭ nelonge mi partoprenis ŝakturniron. Kaj sperti tie la etoson, la entuziasmon kaj la fakan interŝanĝon inter la konkursantoj igis min pensi, ke la sukceso de la ŝakludo baziĝas sur trajtoj, kiujn ĝi fakte dividas kun nia internacia lingvo.

Kredu au ne kredu: la monda merkato por tabulludoj en 2023 ampleksis proksimume 14 miliardojn da dolaroj kaj ĉiujare kreskas je 10%! Kial, malgraŭ la konkurso kun multaj buntaj kaj allogaj novaĵoj el tiu fekunda industrio, la ŝakludo post multjarcenta historio ne perdis siajn amantojn – dum multaj modernaj tabulludoj kutime post kelkaj jaroj simple perdiĝas en la inundo de novelpensaĵoj?

Mi estas ludemulo jam de infanaĝo. Pro tio mi povas rakonti el propra sperto, ke kelkaj tre interesaj kaj belegaj nuntempaj tabulludoj venas kun multege da materialo; kostas horon au eĉ du por klarigi al amikoj la regulojn, starigi iujn figurojn, disdoni la diversspecajn kartojn, kaj entute prepari ĉiujn pecojn. Ŝako aliflanke, por ke oni povu ekludi, havas relative malmultajn regulojn – temas ĉefe pri la start-pozicioj de la pecoj kaj kiel ili moviĝas, kun kelkaj specialaĵoj kiel aroko kaj preterpasa preno. Por skribfiksi tiun bazan ŝakregularon, sufiĉas verŝajne unu folio da normala leterpapero.

Se vi tamen iam enprofundiĝas en kaj spertiĝas pri ŝako, vi povas dediĉi al tio multege da tempo. Ĉiuj strategiaj kaj taktikaj pripensadoj por venki en la ludo plenigis tra la jarcentoj milojn da libropaĝoj, kaj tamen ne videblas iu fino de tiuj kalkuloj kaj konsideroj. La riĉeco de la ludo kuŝas ne en la nombro de la elementoj, sed en la eblaj kombinaĵoj, kiuj stimulas la homan menson al ĉiam novaj elpensaĵoj.

Mi supozas ke multaj el vi, karaj legantoj, iam vidis tiun reklamilon pri Esperanto, kie oni prezentis la 16 regulojn sur biermato. Kiel en ŝako, la unua aliro al la lingvo facilas. Tio ebligas al komencantoj relative tujan ek-komunikadon. Aliflanke ekzistas la multcentpaĝa *Plena Analiza Gramatiko* por iuj, kiuj vere volas enprofundiĝi. La sama rilato inter relative konciza ingrediencaro kaj posta fekundeco pro la mensa kreemo videblas en esperantaj vortludoj, ŝercoj, en la riĉa originala kaj tradukita literaturo kaj tiel plu. (Mi eĉ meditas, ĉu ĝuste tiu „limigita elirpunkto", se tiel diri, estas unu el la ĉefaj stimuliloj por la homa kreivo – sed tio kondukas nin al eĉ pli foraj neŭropsikologiaj kaj filozofiaj kampoj.) Samkiel en ŝako, dum la jaroj multege da homoj el multnombraj landoj kontribuis al la florado de nia lingvo – ĝia nuna stato estas produkto de vigla kaj entuziasma komunumo.

Mi nun lasas vin kun tiuj konsideroj, esperante ke vi ĝuos la erojn el la esperanta literaturo, kiujn ni ĉi-foje liveras al vi.

Azilpetanto

La Kristnasko de la jaro 2022 finiĝis. La domoj ankoraŭ odoris je salamoj el kokosa raspaĵo, bastonetoj de Lucifero, pufaĵoj el aveloj, ĉokoladaj trianguloj kaj mielkukoj. Oni purigadis telerojn de franca salato kaj grumblis, ĉar abiaj branĉoj ĉi-jare tro rapide sekiĝis kaj jam eriĝas sur la plankon.

Mi bezonis moviĝon kaj iris al la Esperanto-klubo por viŝi la nepetitajn mesaĝojn en la komputilo. Por iom streĉi la krurojn. Por kontroli ĉu okazis neniu dumfesta damaĝo pro gajaj najbaroj.

Kaj en la komputilo kun amaso da negravaĵoj pendis unu helpokrio.

"Mi estas esperantisto el Burundio. Azilpetanto. Nun alvenis al Zagrebo. Ĉu vi bonvolus kontakti min? Mi nun estas en la domo por azilpetantoj Porin. Eric." Familia nomo iom komplika.

Unu miliono da homoj klopodas eniri Eŭropon per ĉiuj vojoj. Ĉiu kun sia malfeliĉo. Eŭropanoj emas rigardi en alia direkto por ne devi enplektiĝi.

Mi sendis la mesaĝon al la estraro, kun la demando ĉu iu havas ideon kiel helpi. Dek estraranoj silentis. Oni ne tedu dum la festotagoj. Neniu rapidis respondi. En la rondaj ornamkugloj sur la abiaj branĉoj en varmaj ĉambroj speguliĝis banalaj televidprogramoj. Ĉiu okupita per sia rulkuko el papavaj semoj.

Mi rigardis la liston de estraranoj kaj iom cerbumis kiun ĝeni. Mi elektis Siniša kaj telefonis al li.

– Vidu, iu afrika esperantisto estas en la domo por azilpetantoj. Ĉu vi povus iri serĉi lin kaj alkonduki al la Esperanto-klubo?

– Iri serĉi lin? Kie? Post Novjaro?

– Eble ne estas bona ideo iri post Novjaro. Necesus iri tuj, malgraŭ la festotagoj. Mi telefonas al vi ĉar vi havas aŭton kaj estas bonkora kaj maltradicia pri Kristnaskoj.

– Kaj kie estas tiu loko?

– La loko nomiĝas Hotelo Porin en Dugave.

– Porin?

– Porin, kiel la opero[1].

– Mi iros buse. Ĉar kiam mi alvenos, ne estos parkloko en nia strato kaj mi ŝatus aŭdi kion li rakontos.

Post kelkaj horoj tri afrikanoj kaj Siniša sonorigis ĉe la pordo. Kiam ili etendas la manon, ĉiu subtenas la etenditan brakon per la maldekstra brako. En ilia lando signo de respekto, mi lernos. Eric ridetis. Lia Esperanto estis modela.

Ĉiuj estis ege sveltaj. Klare, post la kelktaga marŝado tra la arbaroj kaj mizeraj manĝoj.

Post kelkaj renkontiĝoj mi komprenis kiel ili alvenis. Ke Eric en sia lando estis mortminacata, pri tio li ne multe parolis. Eble li imagis ke mi komprenos se li diros ke alternativon li ne havis.

Li en Afriko eksciis ke eblas eniri Serbion sen vizo. Sed la eniro devas okazi antaŭ iu dato en Septembro 2022, ĉar post tiu dato necesos vizoj.

(Je la informo ke eblis senvize eniri, Siniša kaj mi rigardis nin signifoplene. Sciis ni kial eblis. Ni ja vivis en Jugoslavio, prezidento Tito insistis pri "la Movado de nealiancitoj", en kiu la landoj de la Tria mondo amike interhelpadis sin kaj interfratiĝis.)

Kvardek jarojn post lia morto ankoraŭ eblis laŭ la iamaj reguloj eniri Serbion. (Kroatio, jam membro de EU, nuligis tiun faciligon per sia eŭropiĝo.)

Mi memoras la gajajn kantojn kiuj primokis la amikecon de Jugoslavio kun Afrikaj kaj Aziaj landoj:

Tko nas može tko nas smije
rastaviti od Zambije...[2]

Arafat je reko sinu
marš u pičku materinu.[3]

Kaj jen kvar jardekojn poste, la Movado de nealiancitaj landoj helpadis al Afrikanoj.

---

1 La dua kroata opero, laŭ la libreto de Dimitrij Demeter. La muzikon en 1851 komponis Vatroslav Lisinski (1819-1854). La juddevena komponisto, kiu naskiĝis kiel Ignatius Fuchs, entuziasma pri la kroata nacia movado, tradukis sian nomon kroaten al Vatroslav Lisinski. Li mortis antaŭ ol vidi sian verkon sursceneje.

2 Kiu povas kiu rajtas / dividi nin de Zambio.

3 Arafat diris al sia filo: / (aĉa sakraĵo uzata por kulmino de malkontento)

Mi organizis por Eric renkontiĝon kun kroataj esperantistoj. Trideko da homoj venis por aŭdi kiu estas la homo kiun la vivo aldrivigis al ni. Li prelegis pri sia lando.

Komence, li diris ke li vidas 30 parojn da amikaj okuloj. Verŝajne survoje inter Burundio, de kie li ekflugis al Etiopio kaj poste al Turkio, la amikaj okuloj ne abundis. Enirinte al Serbio li piede serĉis siajn samlandanojn. Tio ne estis malfacila. La urbaj parkoj plenis je la lingvo kirunda de samsortanoj.

Tiam komenciĝis la piedirado okcidenten. Kvin tagnoktoj tra arbaroj kaj pluvoj. Ĝis iutage iu polica grupo haltigis ilin, enaŭtigis kaj veturigis ilin ien. Kien? Kiam ili interesiĝis en kiu lando ili estas – tio estis Serbio, la lando de kie ili fuĝis. Tutin nomiĝis la loko. Tie komenciĝis la dua provo fuĝi.

Fine post pliaj tagoj sub pluvo en arbaroj ili troviĝis antaŭ policistoj kun la vorto "azilo" surbuŝe. Tiuj enaŭtigis ilin kaj senvorte transportis ien. Kien?

– Haltu, sed kiel nomiĝis la loko?

Li ne sciis respondi. Kiam oni kuras tra arbaroj, oni ne lernas geografion.

– Kaj kiel vi trairis riverojn?

– La akvo estis ĝis ĉi tie.

Li montris la mezon de la femuro. Iom hezite li montris la filmeton en la poŝtelefono por vidi la grupeton vadantan tra iu akvoplena arbaro.

– Oni venigis nin al rifuĝejo. Ĉiun unuope ili pridemandis tre detale en aparta ĉambro. Tie ni donis niajn fingrospurojn. La loko ŝajnis sekura kaj fidinda. Ni ne havis la impreson ke iu subaŭskultas nin kaj denuncos.

– Por mi estis iom surprize ke neniu policisto postulis monon. Oni ankaŭ transportis nin senpage.

– Oni donis al ni la dokumenton de petanto de azilo.

Li rakontis tiel verve ke ni decidis organizi duan parton de la prezento. Oni alportis donacojn. Mi la grizan ŝalon kiun por mi trikis Nada, kaj la nigrajn gantojn de panjo. Ni emis varmigi lin. Oni donis al li sian telefonnumeron kaj invitadis al tagmanĝoj. Mi donacis al li ŝlosilringon por lia nova hejmo. La ŝlosilringo havis ornamon iom specialan: ludilon – polican aŭton.

Post la prelego mi akompanis lin ĝis la lasta buso, por ke li ne havu riproĉon en sia nova hejmo. Li montru ke li obeas la regulojn kaj revenas antaŭ la 22a horo.

Kiam ni renkontiĝis, ni rigardis la fotojn de du filoj kaj edzino. La knabetoj en blankaj ĉemizoj revenas de la preĝejo. Ŝi devis fuĝi kun la infanoj al pli sekura loko, kiam la edzo estis persekutata.

Ni sidis en la rondo kaj instruis la kroatan. Vidu, la lingvon. Unue: nomoj. Via nomo Eric – ĝi estas floro. Vidu ĝin en la fenestro, jam iom velkis.

– Floro? Neniu iam diris al mi.

Liaj amikoj burundianoj gapis, ĉar ekzistas iu Esperanto, kiu malfermas domojn al Eric. Ĝivo akceptis ekinstrui al ili Esperanton dum kelkaj sabatoj. Poste ili ne plu venis. (Simile faras ankaŭ eŭropanoj.)

Mi decidis sendi leteron al la ministro pri internaj aferoj, en kiu mi diris ke iu azilpetanto laŭdas kroatajn policistojn, kiuj, en lia kazo, ne estis koruptitaj. Iel mi imagis ke tio ne malhelpos. Verŝajne ankaŭ ne helpos.

Mi fartis bone. Mi sidis en tradicio de bonfarado. Hector Hodler en sia Ĝenevo en la jaro 1915 verŝajne havis multajn ideojn kiel sendi la leterojn kiuj atingis lin en la neŭtrala Svislando, de unu malamika milita flanko al la alia.

– Ĉu vi aŭdis pri Kroatio en Afriko?

– Ne. Neniam. Sed fakte mi havis en la manoj lernolibron pri Esperanto, kiu nomiĝis "Zagreba Metodo". Mi kredis ke "Zagreba" estas la aŭtoro.

Nun venis mia vico por miri. Tiu mizeraspekta stencilita lernilo, kiun ni tradukigis al trideko da lingvoj, el kiuj nur unu estis afrika – alvenis ĝis burundia lernejo.

Eric restis kun ni tutan jaron. Li atendis decidon pri la azilpeto. Tio donis la okazon vojaĝigi lin tra la lando, instrui pri multo. Li mem prelegis pri la svahila kaj verkis artikolojn por nia gazeto pri "kroataj strangaĵoj" el la vidpunkto de afrikano.

Ni ĝojis kiam li ricevis identigan numeron kaj eĉ eklaboris kiel portanto de pakaĵoj ĉe iu transportkompanio. La unua salajro. La dua. La laborkondiĉoj ne estis mildaj: de la 16a ĝis la noktomezo. Foje la ĉefoj forgesis ke ili petis kromlabori kaj ke necesas tion krompagi.

Nun, la jaro pasis. Multaj liaj kolegoj jam ricevis nean respondon al la azilpeto.

Eric atendas sian nean dokumenton.

Kaj kio sekvos?

Mi ne scias.

Se li aperos ĉe via pordo, verŝajne li jam perdos miajn gantojn kaj mian ŝalon.

Sed eble vi donos la vian.

La *amo* de Emilia

de Cho Sung Ho

"Emilia bonvolos gvidi vin. Ĉu ne, Emilia?"

Kun la trajtoj perfidantaj kontentegon la profesoro diris ĵetante alternan rigardon al mi kaj Emilia. Ŝi respondis nur per rideto, kiu ĉizis etajn kavetojn sur ŝiaj senpudraj vangoj.

Tiel komenciĝis mia renkontiĝo kun Emilia. Kvankam unu jaron malpli aĝa ol mi, ŝi estis fininta la doktoriĝan studadon en sia lando Anglujo kaj antaŭ monatoj kuniĝis kun la skipo de la profesoro ĉi tie en Kalifornio, dum mi estis nova studento el Japanujo, komencanta la kvarjaran periodon por doktoreco.

Dum unu aŭ du semajnoj Emilia mentoris al mi kun fervoro, montrante kiel uzi diversajn maŝinojn kaj aparatojn aŭ klarigante aliajn aferojn, eĉ bagatelajn, bezonajn por la novico. Ŝi ankaŭ eksterlabore helpis min adaptiĝi al la cirkonstancoj nekutimaj al fremdulo. Ŝia vizaĝo, tamen, neniam alprenis fizionomion maleman pri ŝiaj ŝarĝitaj roloj, kio faris min plej kontenta. Kun rufeta hararo kaj profundaj lazuraj okuloj, Emilia ne estis nur simpatia kaj nepretendema, sed krome estis dotita per tia beleco, kiu ne kompareblas kun tiu de ordinaraj junulinoj. Ŝi ekplaĉis al mi.

Post nelonge mi intuicie ekhavis senton, kvankam svagan, ke ankaŭ Emilia ŝatus min. Unu fojon semajne la departemento invitis al lekcioj, kiuj estis okazigataj en alia konstruaĵo pli-malpli malproksime de nia laboratorio. Ordinare ĉiuj membroj de nia grupo kune iradis al la lekciejo, sed iun tagon Emilia venis al mi pli frue ol kutime.

"Ĉu ni ekiru, Haruo?"

"Ĉu jam estas la tempo?"

Mi do iris kun ŝi nur duope. Ekstere pompis bela maja tago. Sunradioj plaĉe verŝiĝis sur niajn vizaĝojn tra la seka, agrabla aero plena de refreŝiga odoro el kreskaĵoj. Ie kaj tie sur la verdiĝanta gazono studentoj grupete ĝuis babili inter lecionoj.

"La kampuso estas bela, ĉu ne? Ĝi tre plaĉas al mi."

Mi devis diri ion ajn por ne fari la situacion plumpa, ĉar ni kune marŝos almenaŭ dek minutojn. Sed ŝi reciprokis mian nepripensitan ŝablonon kun sincero:

"Jes, same al mi. Mi multe ŝatas ankaŭ la veteron ĉi tie. Kiel vi eble scias, pluvas ofte en Londono."

"Jes, ankaŭ en mia lando."

"Mi ne ŝatas la humidon."

Tiel dirante ŝi skulptis allogan paŭteton el siaj delikataj lipoj. Paŝi flank-al-flanke kun Emilia meze de tiom plezuriga etoso estis bon-humorige, kiel promeni kun amatino dum pikniko.

Survoje tamen trafis min la stranga sento, ke niaj korpoj pli forte kuntuŝiĝadas ol dum normala paŝado de du homoj. Emilia estis paŝanta tro proksime ĉe mi. Tiel intima kontakto estus tolerebla nur inter geamantoj. Mi do devis colojn formoviĝi de ŝi por teni decan distancon inter ni. Mi embarasiĝis, sed ambaŭ el ni ŝajnigis fajfi pri la okazintaĵo. Ĉu ŝi celis tion intence kaj ne simple mispaŝis? Ĉu ŝi eble rigardas min kiel koramikon, ne nur kiel kolegon? Ne, tio tute ne estus ebla. Kial junulino ĉarma kiel ŝi, belaspekta, altedukita kaj bonkaraktera, amu min?

Ĉiuokaze depost tiu tago ŝi kutimiĝis sidi apud mi dum la lecioj. Komence tio kaŭzis al mi embaraseton, sed ĝi iom post iom cedis al plenagrabla sperto. Mi ekŝatis ŝian ĉeeston apud mi.

Emilia kaj mi pasigis pli longan tempon en la laboratorio ol en niaj propraj hejmoj. La daŭra kunestado en spaco ne tre vasta spon-tane kondukis nin al intima amikiĝo. Fojfoje post laborhoroj ni duope trinkis bieron en tavernoj ĉirkaŭ la kampuso. Niaj interparoloj gamis de priesploradaj diskutoj ĝis personaj aferoj kiel familianoj, hobioj, filmoj kaj aliaj vantaĵoj. Ĉar ni ambaŭ fartis solece fore de niaj hejm-landoj, tiaj distriĝoj donis al ni grandan dozon da konsolo kaj sen-streĉiĝo. Malgraŭe nia interrilato stagnis nur kiel tiu de kolegoj, ne disvolviĝinte al tiu de geamantoj.

Monatojn poste okazis incidento, pri kiu mi devis refoje deĉifri, ĉu ŝi ŝatas min nur kiel kolegon aŭ ĉu kiel koramikon. Iutage Emilia de-teniĝeme alparolis min:

"Haruo, ĉu vi estos libera ĉi-semajnfine?"

"Jes, mi ne havas apartan planon."

Post momenta hezito ŝi daŭrigis:

"Ĉu vi bonvolus veni al mia apartamento por vespermanĝo?"

"Jes, certe kun ĝojo. Ĉu estos iu ajn evento memoriginda por vi? Ĉu ĉiuj venos?"

"Ne, vi estos la sola gasto. Ŝajne aliaj jam havas sian propran planon. Mi nur volus regali vin per humila manĝo."

Iom da hontemo ruĝetigis ŝian vizaĝon. Ŝajnigante, ke mi ne rimarkis tion, mi diris:

"Bone, ĉu mi kunportu vinon?"

"Laŭplaĉe."

Tiel mi akceptis ŝian inviton al vespermanĝo en ŝia loĝejo. Nur por la duopo, Emilia kaj mi. Baldaŭ mia zorgemo ekagitiĝis. Kion ŝi pensas? Ĉu ŝi vere ŝatas min kiel koramikon? Aŭ kiel ŝi diris, ĉu ŝi simple volas regali min per vespermanĝo tial, ke nur ni estos solaj semajnfine, dum ĉiuj aliaj pasigos gajan ripoztempon kun siaj familianoj?

Emilia bonvenigis min ĉeporde kun radianta rideto. Interne kurioza sed plaĉa odoro, probable miksita el parfumo kaj spicoj, plezurigis mian flarsenton. Pladoj kun steko kaj glimantaj vinglasoj estis orde aranĝitaj po du sur la manĝotablo, kiun kompletigis la botelo da ruĝa vino kunportita.

Baldaŭ post kiam nia festeneto komenciĝis, ŝi gajmiene ekparolis: "Haruo, vi scias, ke mi havas fratinon."

"Jes, malpli aĝan, ĉu ne? Helen, mi memoras, ŝia nomo estas Helen."

"Ŝi kun sia edzo vojaĝos en Usonon por libertempi. Ili venos ankaŭ vidi min venontsemajne."

"Tio estas granda novaĵo!"

"Mi havas planon. Ĉu vi povus kuniĝi kun ili por vespermanĝo?"

"Jes, Emilia. Fantaste! Mi atendos kun ĝojo."

Ŝia ideo pri la kunmanĝado por la kvaropo vekis en mi subtilan eksciton pro ĝia konsisto. La geedzoj Helen, Emilia kaj mi. Ĉu ŝi celus krei familian etoson inklude min? Ĉu ŝi volus kaŝprezenti min al ili kiel sian koramikon?

Post vespermanĝo ni sidiĝis unu apud la alia sur la malgranda kanapo. La koro ekbatis al mi, kaj pufiĝis mia zorgemo pli kaj pli granda. Tute fremda al mi estis la situacio resti sola kun junulino en mia hejmo aŭ en la ŝia. Kiel mi devus konduti? Mi senkonsile falis en perplekson. Sed rapide pasis la horoj plenaj de banalaj babilaĵoj sen serioza atmosfero. La kupida sago de amo ne trafis nin tiun vesperon.

Somere en la sekva jaro, pro la afero pri mia usona rezidanteco mi pasigis la tutan forpermeson en Novjorko kaj revenis post tri monatoj. Kiam mi alvenis en la laborejon sekvamatene, Emilia trotis al mi ekvidinte min sur la koridoro. Kaj tute neatendite ŝi kisis min sur vango ruĝiĝante. Ne tenere, sed firme kaj plie eĉ tri fojojn. Momente mi konfuziĝis, ne sciante kiel reagi. Sendube miaj vangoj pli koloriĝis ol la ŝiaj.

"Mi aŭdis, ke via afero bone iris, Haruo. Gratulegon al vi!"

"Dankon, Emilia."

Mi ja estis telefone sciiginta al la profesoro, ke la problemo glate solviĝis, ke mi ricevis la verdan karton de rezidanteco. Evidente la novaĵo estis cirkulinta inter la kolegoj.

"Ĉu vi do restos en Usono post via doktoriĝo?" ŝi poste demandis min kun mieno, kvazaŭ ŝi volus aŭdi pozitivan respondon.

"Eble jes, sed mi ankoraŭ ne decidis. Tio dependos de kie mi trovos mian okupon."

Tiun tagon mi preskaŭ tutcertiĝis ke ŝi ŝatas min kiel koramikon. Ŝia kiso videble diferencis de tiu, kian oni nekonscie malavaras salutante. Ŝi premis firme siajn lipojn sur mian vangon. Tri fojojn! Ŝi amas min!

Mi tamen ne povis senskrupule tuj akcepti ŝian korsenton al mi. Kial ne? Pro kio mi hezitas? Ĉu mi ne atendis, ke ŝi ŝatu min kiel amaton? Kial ne konfesi al ŝi, ke ankaŭ mi ŝatas ŝin pli ol kiel koleginon? Sed lindulino kiel Emilia troveblus nur sur ekranoj aŭ pentraĵoj, ne en la reala mondo. Almenaŭ ne en mia mondo. Ŝi estus troega por mi.

Vintre tiujare Emilia finis plenumi sian dujaran deĵoron kaj, anstataŭ reiri al Anglujo, prenis okupon en Vaŝingtono kiel esploristo ĉe federacia institucio. Du jarojn poste ankaŭ mi finis mian studon kaj revenis al Japanujo. Ne favoris nin la fortuno denove intervidiĝi.

Jaroj sagflugis. La laborokupiteco senkompate alpelis min ĝis la sojlo de kvardekjariĝo, ankoraŭ sen edzino, ĉirkaŭ kiam la profesoro vizitis Japanujon por lekcii kaj ankaŭ revidi siajn eksdisĉiplojn.

Kvankam ne demandite, li sciigis al mi novaĵon pri Emilia.

"Emilia fartas bone. Ŝi ankoraŭ estas en Vaŝingtono, ne edziniĝinta."

Kvazaŭ serĉante mian reagon, li momente fiksis gvateman rigardon al mi.

"Ĉu vere?"

Mi reciprokis kun ioma flegmo, sed mi apenaŭ kredis miajn orelojn. Emilia ankoraŭ restas sola!

La profesoro aldonis: "Mi interparolis kun ŝi telefone ĵus antaŭ ol ekveturi. Ŝi petis min transdoni salutojn al vi."

Lia nuanco aludis ke mi korespondu kun Emilia pri niaj fartoj. Imageble la profesoro, verŝajne ankaŭ aliaj membroj de nia teamo, estis jam perceptinta la preskaŭ-amrilaton inter Emilia kaj mi. Sed mi ne provis kontakti ŝin, mi ne certas kial.

Post multaj jaroj, kiam mia posteno en la laborejo akiris relative stabilan staton, subite ekleviĝis en mi scivolo pri Emilia. Ĉu ŝi ankoraŭ estas en Vaŝingtono? Ĉu ŝi intertempe edziniĝis? Probable ŝi jam kreis sian familion. Ĉu ŝi fartas feliĉe kun siaj edzo kaj infanoj?

Mi sendis poŝtan leteron al la profesoro por informiĝi pri ŝia kieo, sed scivolemo ne indulgis min atendi ĝis lia respondo alvenos. Mi provis serĉi per interreto ŝiajn disertaciojn en datenaroj. Mi trovis plurajn, publikigitajn ĉe ŝia laborejo, sed depost iu specifa tempo neniujn plu. Povas esti, ke ŝi prenis administran postenon anstataŭ la esploran, tiel ke ŝi ne plu aŭtorus sciencaĵojn. Aŭ ŝi estus frue emeritiĝinta kaj reirinta al Anglujo por ĉiam. Pensoj unu post aliaj ne ĉesis ŝvebi en la kapo.

Mi daŭrigis navigadi per ŝia nomo kaj fine renkontis unu artikolon, kiu tamen frapegis miajn okulojn. La titolo indikis, ke ĝi estas nekrologo publikigita en loka ĵurnalo. Kvazaŭkonvulsia mantremo kelkfoje igis misloki la muson ĝis fine mi malfermis la retaĵon kun batanta koro.

La teksto komenciĝis jene: "Doktorino Emilia Thompson forpasis pro kancero en la aĝo de kvardek sep jaroj," kaj finiĝis per la frazo: "Ŝi estas postvivita de siaj gepatroj Brian kaj Eileen Thompson kaj sia fratino Helen Norman."

Kronvirusaj mikronoveloj

de Mikaelo Bronŝtejn

Mia apartamento situas en la kvina etaĝo. Ili aperis en la apartamento super la mia antaŭ du semajnoj – miaj novaj bruemaj najbaroj. Ekde la dudekdua horo kaj preskaŭ ĝis la noktomezo iu prancas, saltadas, galopas super mia dormoĉambro. Terura afero, se oni ŝatus endormiĝi! Neniam ĝis hodiaŭ mi vidis la najbarojn. Pro la kvaranteno ĉiuj restadas hejme, kaj la neoftaj elhejmiĝoj, versimile, neniam koincidas. Samkaŭze mi ne vizitas la najbarojn por plendi pri troa bruemo, revante pri negranda malstreĉa skandaleto post la fino de la kvaranteno.

Hodiaŭ, elirinte, mi aŭdas supre nekonatajn voĉojn – la novaj najbaroj eniras la lifton por descendi. Mi haste kuras laŭ la ŝtuparo al la unua etaĝo por kapti ilin ĉe la elliftiĝo.

La pordo de la lifto disiĝas kaj eksteren saltetas sinsekve du ĉarmaj etulinoj, tri kaj kvin jarojn aĝaj, laŭaspekte. Ilin sekvas la patrino, poste la patro.

– Bonan matenon – mi diras. – Mi estas via najbaro, mi loĝas sub vi…

Dum mi estas serĉanta vortojn taŭgajn por la situacio, la gepatroj afable respondas salute, sed la pli juna, kaj evidente pli kuraĝa knabino elparolas rapide:

– Saluton, avoĉjo, kia estas via nom'?!

– Avo Miĉjo… – mi respondas, pro embaraso forgesante la vortojn, kiujn mi trovis en la kapo.

– Avo Miĉjo! – ripetas la infano. – Avo Miĉjo, vidu, kiajn ŝuetojn mi havas! Ĉu vere estas belaj?

– Bele-egaj… – respondas mi kun rideto, perdinte la lastan guton de la akumulita kolero. – Ni konatiĝu, ĉu?

* * *

Manjo estas granda knabino. Kvar jarojn ŝi havas! Certe, ŝi vekiĝas pli frue ol la patrino – jes, panjo ja laciĝas dum labortago! Glitinte for el sia liteto kaj paŝetante senbrue, Manjo aliras la kaĝon de sia hamstro Tiŝka.

– Tiŝka, ĉu vi daŭre dormas tie? – Manjo demandas.

Tiŝka ne dormas, ĝi rigardas la knabinon per du nigraj perletoj. Manjo malfermas la pordeton de la kaĝo kaj la varma vila buleto saltas sur ŝian manplaton.

– Ni iru kisi la panjon – flustras Manjo.

Ŝi aliras la liton, mediteme rigardas panjon, kviete dormantan, kaj metas la hamstron sur ŝian vizaĝon...

* * *

Maksiĉjo havas kvar jarojn. Pluvas ekstere.

Paĉjo restis hejme, li legas la taggazeton. Pluvas ekstere ekde la frumateno.

– Paĉjo, ludu kun mi! – petas Maksiĉjo.

– Vi havas multajn ludilojn ja – grumblas paĉjo el profundo de la tagĵurnalo.

– Ne estas gaje ludi sola – Maksiĉjo diras petvoĉe, – sed miaj amiketoj sidas en siaj hejmoj. La paĉjoj tie ludas kun ili...

– Mi dubas – pigre respondas paĉjo. Li formetas la ĵurnalon kaj ŝaltas televidilon.

– Mi volas esti rajdisto – firme diras Maksiĉjo. – Paĉjo, estu mia ĉevaleto!

– Kia ĉevaleto?! – malkontentas paĉjo. Surekrane evoluas futbalo. – Mi ne volas esti ĉevaleto!

– Vi estas azeno! – krietas panjo el la kuirĉambro.

Pluvas ekstere.

* * *

Tedis min la trimonata izolo! Do – enaŭtiĝo, kaj post tri horoj mi jam alpremas al la koro mian nepinon kvinjaran.

– Avoĉjo – diras ŝi. – Hodiaŭ mi nepre dormos kun vi. Mi jam scipovas.

– Kion vi scipovas, kara? – mi demandas konsternite.

– Dormi trankvile, ne pisi nokte, nu – ne malhelpi vin dormi.

– Bona atingo, tamen, ne – mi diras. – Via liteto estas pli komforta. Sed vi rajtas legi ion al mi antaŭ la enlitiĝo.

– Mi legos fabelon. Mi jam bone legas, sed skribas malbone. Mi volas skribi bone.

– Pro kio tiu ĉarma deziro? – mi ridetas.

– Avo-oĉjo! – ŝi rigardas min ofendite. – Ja mi diris al vi, ke mi volas esti vendisto de glaciaĵo. Kaj se mi deziros mem gustumi mian glaciaĵon, mi devas ja skribi belan anoncon: "La butiko estas fermita por unu horo".

Dum mi gapas, pripensante la respondon, ŝi daŭrigas la paroladon:

– Tamen, avoĉjo, mi tute forgesis, kiel mi naskiĝis. Mi volas denove fariĝi eta, por rememori!

Eĥ! Sekvafoje mi nepre venos al ŝi kun sonregistrilo…

* * *

Jes, mi drinketas. Tamen ne ĝis tia grado, ke al mi aperu kvarokulaj verdaĉuloj. Cetere, kiam ĝi (li aŭ ŝi?) aperis en mia bunkro, mi estis absolute sobra, kredu min!

Jes, kvar okuloj – tiel ĝi observas ĉiujn flankojn samtempe. Sed al mi ŝajnis, ke ĉiuj kvar okuloj estas direktitaj al mi!

Ĝi diris solene-knarvoĉe: "Ne timu! Vi estas la gvidanto de la plej granda ŝtato. Al vi ni povas konfidi nian donacon por la teranoj!"

Mi silentis embarasite, sed ĝi daŭrigis: "La kronviruson, kiu lezas nun la Teron, ni spertis antaŭ multaj jarcentoj, kaj ni havas perfektan vakcinon kontraŭ ĝi. Jen estas la formulo. Kaj aldone jen – kesto da provekzempleroj, cent mil dozoj, la unua – speciale por vi".

Tiam mi respondis: "Do, unue, kiel vi sukcesis penetri ĉi tien preter la gardistoj? Ili devus kapti vin, eĉ se vi estas fantomo. Ĉiujn mi maldungos! Due, vi estas ege suspektinda kun viaj kvar okuloj, eĉ se marsano…"

"Ĉio ĉi ne gravas" ĝi diris. "Unu el viaj kolegoj-regantoj antaŭ du jarcentoj montris ekzemplon por la tuta popolo, protektinte sin kontraŭ variolo. Ĉu vi ne volas esti la dua heroo?"

"Mi jam estas heroo" mi respondis. "Sed mi sufloru al vi, ke la plej granda ŝtato sidas pli oriente kaj sude. Forbalaiĝu tien kun via donaco."

Ĝi silente palpebrumis per ĉiuj okuloj kaj malaperis. Nun mi sidas kaj skrapas la nukon... Ĉu estis sonĝo, aŭ mi vane rifuzis? Eble mi tamen telefonu al la amiko Ŝji?

* * *

Miĉjo estas bonedukita knabo. Kial ne, se baldaŭ li havos... se oni demandas, li levas tri fingrojn de la dekstra mano kaj diras:
– ...kaj duono!

Tri-kvar najbarinoj tuttage, ĉe bona vetero, sidas sur benketo apud la enirpordo de la domego, kie loĝas ankaŭ Miĉjo.

Miĉjo kutimas saluti ilin:
– Bonan tagon, avinjoj!

La avinoj kontente respondas:
– Bonan tagon, Miĉjo!

Hodiaŭ Miĉjo iras kun sia avinjo al ŝia hejmo por festa tagmanĝo. Ankaŭ apud la domo de la avinjo sidas tri avinoj en maskoj, gapante al la neoftaj preterpasantoj.

Miĉjo salutas ilin:
– Bonan tagon, avinjoj!

La oldulinoj silente gapas al la nekonata knabo.

Miĉjo mire levas la okulojn al sia avinjo kaj demandas laŭte:
– Avinjo, ĉu ili ĉiuj estas surdaj?

* * *

Kronvirusa majo. Du aŭtoj parkas sin apud ĉiovendejo. El granda nigra *Toyota* pene metas teren luksajn ŝuojn obeza rufulino. Ŝian vizaĝon ŝirmas altpreza longuza masko. Ŝia vizonpelta mantelo, portata, verŝajne, nur por montri la socian statuson, estas malbutonumita – dek ok gradoj super nulo ja...

Longakrura pli juna magrulino en ŝika leda jako kaj kun simila longuza masko, forlasinta la najbaran aŭton, alparolas la obezulinon:
– Natalia Sergejevna, bontagon! Kiasorte vi venis ĉi tien?
– Bonan, Alina... – respondas la obeza lacvoĉe. – La nepo pri ia roboteto petas, mi ne tre komprenas, jam kelkajn butikojn ni traserĉis... Jelisej, ne elaŭtiĝu sen masko! – krias ŝi al blonda knabeto kun akvopistolo.

Tiumomente al la paro stumblante proksimiĝas oldulino, mizere vestita kun bastono en unu mano kaj kun plasta saketo en la alia.

– Damoj, – ŝia voĉo tremetas, – mi estas emerita instruistino, mi hontas, ke mi devas nun... Sed ĉu vi povus aĉeti por mi iom da pano? Nur panon...

– Kial la polico ne deĵoras ĉi tie? – grumblas la obezulino. – Mi pagas ĉie per karto, do ne havas monbiletojn por almozdoni.

La knabeto Jelisej, elaŭtiĝinta en masko, ridas kaj ŝprucigas akvon kontraŭ la oldulino. Tiu turnas sin kaj silente foriras.

– Ho jes, mi komprenas vin, Natalja Sergejevna! – emociplene intervenas la longakrura. – Ankaŭ mi serĉadas tra la tuta urbo – nenie eblas akiri *mocarelon*, ĉie nur *plebaj* fromaĝoj kuŝas. Kia vivo!

* * *

Bedaŭrinde, en la grandurbo nun ĉiuj devas surmeti maskojn. Jes, bedaŭrinde, ĉar mi ne vidas ŝian vizaĝon, kvankam mi ŝatus. Ŝi staras en tramo ĉe la fenestro tri metrojn for de mi. Fascina staturo, bunte rufa hararo; verŝajne, ne pli ol dudek havas la ĉarmulino. Krom ŝi kaj mi en la grincanta, ŝanceliĝanta vagono sidas ĉirkaŭ dek disciplinemaj oldulinoj, kompreneble, ĉiuj maskitaj.

La fraŭlino prenas el mansaketo poŝtelefonon.

– Manjo! – ŝia voĉo estas senhonte laŭta, kanteca. – Vi ne imagas, Manjo! Mi havas postaĵon! Teruran postaĵon!

La oldulinoj videble streĉas la orelojn kaj scivoleme gapas al la rufulino. Indulgu min, sed ja ankaŭ mi direktas la okulojn al la menciata objekto. Nu? Nenio terura rimarkeblas, tre bela postaĵeto pakita en mallozan ĵinson... Cetere, ŝi absolute neglektas la scivolemajn rigardojn.

– Jes, Manjo, vi ne povas tion imagi! – ŝi daŭrigas. – Tia postaĵo! Hieraŭ mi havis en Zoom ekzamenon pri matematiko! Mi malsukcesis, Manjo! Tiu olda furzulo, la profesoro – li estas senkompata! Mi eĉ ne scias, kion fari nun – tia postaĵo!!!

– Studentino kompatinda... – inteligentaspekta oldulino diras al la najbarino. – Fiaskis dum ekzameno, do ne ricevos stipendion. Tia postaĵo...

* * *

Tamen ankaŭ dum la kvaranteno oni devas bani sin!

Etulo Steĉjo estas venigita en la rusastilan ŝvitbanejon apud la somerdomo. Kvar jarojn havas la hometo, endas ekkutimigi lin al la ŝatata rusa distraĵo. Tio estas la opinio de avoĉjo. Avoĉjo estas bonkora, li ne tuj pelas la nepon en la ŝvitejon; cetere, ĝi ankoraŭ ne havas la konvenan temperaturon inter 80 kaj 90 gradoj. Steĉjo do descendas al la lageto kaj trovas, ke anasoj jam revenis el sudaj landoj!

– Avoĉjo! Avoĉjo! – li krias. – Niaj anasoj revenis! Donu al mi panpecon, mi nutros ilin!

– Prenu do... – Avoĉjo descendas al Steĉjo. – Sed ne longe umu ĉe la anasoj, la ŝvitejo jam pretas.

Dek minutojn poste Steĉjo, senvestiĝinta helpe de Avoĉjo, staras ĉe la pordo de la ŝvitejo. Nur arĝenta kruceto restis sur la kolo de la knabo. Steĉjo timas. Avoĉjo malfermas la pordon kaj puŝetas lin en la duonmalluman densan varmegon.

Steĉjo ŝirmas la buŝon per manplato – alie ne eblas spiri ĉi tie. Admonata de Avoĉjo li nevole leviĝas sur la supran breton, sed post momento kriegas:

– Aj! Doloras, Avoĉjo!

– Ĉesu kaprici – severe diras Avoĉjo, tenante brakon de Steĉjo, sed la knabo ploregas kaj bruske forkuras el la ŝvitejo.

Avoĉjo postkuras kaj tuj komprenas la kaŭzon de la plorego: sur la brusto de Steĉjo estas ruĝeta brulvunda spuro de la arĝenta kruceto.

– Avinjo! – plende kaj larmante krias Steĉjo. – Avoĉjo... li perfortis min!

– Kion vi diras, kara?! – miras avinjo. – Avoĉjo amas vin, kiel li povus vin perforti?

– Li kaptis mian brakon, – ploras la knabo, – kaj doloris al mi, jen vidu!

– Perfortis... – grumblas Avoĉjo en Esperanto. – De kie li prenis tiun vorton, ha? Zorgu, kara, ke li forgesu ĝin, alie polico venos por min aresti!

Foje eĉ bonas, ke Steĉjo dume ne komprenas Esperanton, ĉu ne?

* * *

Jes, sinjorino, mi konsentas. Tiu kvaranteno sencerbigas. Se oni umas ĉe TV-kestaĉo. Sed – kuraĝu iom promeni! Ne, la urbo ne taŭgas. En kamparo. Tie, certe, forestas virusoj. Sed estas urtikoj, mi ege ŝatas junajn majajn urtikojn, ĉu vi? Jes, ili pikas, sed mi kunportas gantojn por rikolti. Ho ne, ne por salato. Por verda urtika supo. Kun viando, certe. Ankaŭ krudkuiritan ovon oni metas en la teleron, gusto – perfektega! Do, antaŭhieraŭ mi promenis en kamparo. Post ĵusa pluveto la aero estis emocidona, kiel konjako, aŭ eĉ pli! Bedaŭrinde, miaj botoj glitetis sur pado, kaj mi falis genuen, kotiginte la pantalonon. Ne gravas, dum la falo mi rimarkis en proksimo arbustetojn urtikajn, incite verdajn. Mi surmetis la gantojn kaj ekrikoltis la freŝajn tigojn, metante ilin en plastan saketon. De malproksime laŭ la pado renkonten al mi malrapide paŝetis oldulino. Alirinte ŝi haltis kaj scivoleme-mire rigardis min.

– Urtiko!? – demandkrietis la avinjo. – Por kio vi bezonas ĝin?

– Por puni miajn infanojn… – mi ridetis. – Tamen, certe, ne por tio. Mi kuiras supon.

– Suuupon! – la avinjo globigis la okulojn, kaj suspekteme strabis al mia kotmakulita pantalono. – Ĉu vi havas nenion por manĝi?!

– Mi havas – denove mi mienis afablan rideton. – Sed mi ŝatas urtikan supon.

– Aha-a – etendis la voĉon la avinjo, kaj denove ĵetis rigardon al mia pantalono. – Je-es, en la kvardek dua dum la sieĝo de Leningrado ankaŭ mi kun panjo rikoltadis atriplojn por supo.

– Nun estas preskaŭ simila tempo – diris mi kun severa rikano. – Pandemio. Homoj perdas laboron. Mankas mono.

– Jes-jes! – eksklamaciis la avinjo. – Rikoltu, mi ne malhelpos!

Ŝi firme premis sian mansaketon al la brusto, singarde strabante preteriris min kaj haste ektrotetis for laŭ la kampa pado.

* * *

Ĉu vi scias, gesinjoroj, ke unu el la rekomendindaj protektiloj kontraŭ la kronviruso estas la rusa vodko? Ĉu ne? Do sciu.

Almenaŭ mi kuraĝas ĝin rekomendi. Mi-ruso kontraŭ vi-ruso. Sed la protektilo efikos nur se oni uzas ĝin ĝuste.

Ĉu vi ŝatus ricevi lecionon? Do ricevu kaj agu popaŝe.

Paŝo 1: Trovu bonan amikon. Nepre bonan. Estas malfacila tasko.

Paŝo 2: Trovu bonan vodkon. Kvalite bonan. Estas eĉ pli malfacila tasko.

Paŝo 3: Plenigu du glasetojn; la amiko kaj vi prenu po unu.

Paŝo 4: Rigardante rekte en la okulojn unu al la alia kune diru: Je via sano! "Unu, du, tri! " – kaj tuj fortrinku la vodkon. Unuglute.

Paŝo 5: Ĉar vi jam diris "Unu, du, tri" – ripetu la paŝojn 3 kaj 4 almenaŭ dufoje.

Ĉu vi dubas pri la efiko? Ne dubu, ĉiuj miaj bonaj amikoj, kiujn mi instruis, fartas perfekte – jen la plej fidinda atesto!

Bedaŭrinde, nun mi ne povas praktiki kun vi senpere... tamen, kial ni ne faru tion per Zoom, ha?

* * *

Jes ja, admirindas tiu Zoom – donaco de la kronvirusa epoko!

Viroj sidas hejme ĉe siaj komputiloj en komfortaj foteloj, kun bierkruĉoj enmane kaj babilas. Memkompreneble, pri virinoj.

Rikardo, krispa viglulo:

– La plej bona aĝo de la virinoj estas inter dudek kvin kaj dudek sep. En tiu aĝo ili estas frenezaj, nesatigeblaj en lito!

Stefano, obeza, kalva:

– Ne pravas vi, Riĉjo. Virino ekde kvardek estas modela! Perfekte prizorganta sin, pura, sperta pri karesado, eĉ inventema. Krome – se oni vizitos tian kun boteleto, ŝi nepre havos bonan vespermanĝon preta...

Alekso, kun griza barbo:

– Tro junaj estas vi ambaŭ, knaboj. La plej kortuŝaj, certe, estas fraŭlinetoj antaŭ dek ok...

La kunZoomantoj, ĥore:

– Stultiĝis ci, Aleĉjo! Ili estas infanoj! Kion ili komprenas pri amoro?

Alekso:

– Nenion. Sed kiam mi rigardas ilin, mi tuj pensas, ke ili ja, certe, estas jam ne miaj virinoj... Kaj mi estas kortuŝita, kaj mi ploras...

ORIGINALA POEZIO

Kvin poemoj

de Liven Dek

Kiam mi staras antaŭ poemo

Kiam mi staras antaŭ poemo,
mi ne volas legi: "La pejzaĝo estas bela",
aŭ "La pejzaĝo belas".
Tiuj simplaj frazoj, pale prozecaj,
ja flugus ĉarme de sur la lipoj de infano,
kiu ankoraŭ ne kapablas vortigi
la emociojn, kiujn pejzaĝo generas
en la kultura apenaŭo de ĝiaj koro kaj menso.

Kiam mi staras antaŭ poemo,
mi esperas nepre kaptiĝi
per la vorta elspiraĵo de la poeta sento,
kiun tiu pejzaĝo sinapse naskis lia-spirite.

Kaj mi ne dubas ke, se la poeto talentas,
la vorton "pejzaĝo" mem mi ne renkontos.
Ĝi malnecesas.

Per la apenaŭa lumo de lanterno

Per la apenaŭa lumo de lanterno,
mi trabatas al mi vojon diogene
tra mil obskuraj verslinioj el vanteco,
kun la espero iam trovi poemon ritme fluan,
sur kiu drivos nekonscie lerte elverŝitaj sentoj,
kies liberon ne rabos
rimaj ĉenoj
aŭ eĉ matematike perfekta soneta karcero.

Ĉe mispoeto,
plej bunta birdo iĝas
nur... silueto.

*

Sen poezio,
disfalus l' universoj
de l' fantazio.

*

Esploras la homa menso,
en febla kvazaŭvizio,
la mondon trans filistreco
per lorno el poezio.

Kvar poemoj pri la neniigo de Palestino

de Jorge Camacho

En 2016 la eldonejo Monda Asembleo Socia publikigis mian poemaron *Palestino strangolata* (*PS*), kun poemoj verkitaj originale en Esperanto inter 1993 kaj 2015, kaj kun antaŭparolo de Lee Miller[1]. En 2018 la majorka anarĥiisma eldonejo Calumnia publikigis hispanlingvan version de ĝi, *Palestina estrangulada* (*PE*), kun la poemoj el *PS* kiujn mi sukcesis reverki en mia gepatra lingvo, kaj kun enkonduko[2] de la hispana filozofo kaj eseisto Santiago Alba Rico. Post elĉerpiĝo de la unua eldono kaj malpliaktiveco de Calumnia, en 2023 mi serĉis novan eldonejon por dua eldono, reviziita kaj ampleksigita per poemoj verkitaj ĉu originale en la hispana, ĉu paralele en la du lingvoj; jarfine ĝi aperis ĉe CantArabia, kiu kutimas publikigi librojn iel rilatajn al la mondoj kaj la kulturoj arab-islamaj. Unu el la poemoj en *PS* kaj *PE1*, nome *Sippenhaft*[3], kiun intertempe mi ne trovis sufiĉe aŭ entute poezieca, aperas nun en *PE2* en plene reverkita versio, legebla ĉi-sube kune kun tri pliaj poemoj verkitaj en 2022-2023. Ĉiujn kvar oni povas legi en ambaŭ lingvoj en la sekcio *Quemaduras*[4] de la reta kultura revuo *Café Montaigne*[5]. Ne necesas aldoni ke ilin mi verkis ŝokite de la konscia kaj sistema, eĉ genocida, israela detruado de Palestino, pri kiu publike la plimulto de nia feliĉ-etosa samideanaro morte silentas.

---

1 Recenzo de Jan P. Sandel ("Antidoto kontraŭ preteratento") aperis en *BA42*, Oktobro 2021, p. 163-165.
2 Esperantigo rete legebla ĉe jorgecice.blogspot.com/2019/01/enkonduko-al-palestina-estrangulada.html
3 Germane "familia kunkulpeco" (p. 45 en PS).
4 Hispane, "brulvundoj".
5 Ĉe cafemontaigne.com/category/quemaduras/

Vodkon por ĉiuj

Tre normala mi trovas ke la rusa armeo
bombu diversajn urbojn de l' lando ukraina
distance de l' tranĉeolinioj sur la fronto,
kondiĉe ke l' arme' de Ukrainujo same
povu detrui bombe, rakete kaj misile
ne nure flagoŝipon aŭ ponton rimarkindan
sed ankaŭ la ĉefstratojn, lernejojn, hospitalojn
de Moskvo kaj de ajna loĝloko en Rusujo
(ĵus pri Ukrainuj' mi verkis, sed ĝi taŭgas
por Sahari', Tibet', Kurdujo, Palestino)...

La dua hispana eldono
de la poemaro
Palestino strangolata

Omelas

"... kiuj foriras el Omelas"
Ursula K. Le Guin

En la utopia urbo Omelas
ĉiuj ĝuas kaj plezuras
kun unu escepto:

en malpura ĉambro senluma
propeka infano vivaĉas
en benita mizero.

Jen la pagenda prezo. Kaj la sekreto
kiun la belega nacio tenas
en silento.

La samo okazas nun
por ke la mondo funkciu glate
kaj sen pripenso.

Oni rajtas esti progresema
por ĉiuj senesperaj aferoj.
Kun unu escepto.

Sippenhaft (1942-2023)

Dolora morto
de Heydrich
post atenco terorisma.

Plena detruo
de Lidice
kiel puno kolektiva.

Pro kunkulpeco
bombadoj en Gazao,
domoj ruinigitaj.

Duoblaparolo

Ni formulu jam al ni la ĝustajn respondojn:
Ĉu propagando? novaĵdissendo?
Ĉu kidnapo de senkulpaj? kapto de malamikoj?
Ĉu murdo de civiluloj? depafitaj bestoj?
Ĉu la absoluta vero? la fluo de l' historio?
Ĉu kaŝa genocido? laŭrajta sindefendo?
Ĉu flanka viktimo? homa ŝildo?
Ĉu militkrimo? terorista agreso?
(La Schrödinger-kato tra la spegulo)
Ĉu vivospaco aŭ promesita tero?

Gazao en la koro

de Miguel Fernández

Kiel sciate, la 7an de Oktobro 2023 la armita grupo Hamas, ĉe atako kontraŭ israelanojn, en kiu mortis 1200 homoj, kaptis cirkaŭ 240 ostaĝojn. La reago de la ultradekstra registaro de Netanjahu, kies ministro pri financoj, Becalel Smotriĉ, deklaras sin "homofobia, rasisma kaj faŝisma", estis la kutima ĉe Israelo jam de 75 jaroj: ege misproporcia multobligo de violento kontraŭ la palestinan loĝantaron. Ĝis tioma grado, ke, en la momento, kiam mi skribas ĉi vortojn, "estis mortigitaj preskaŭ 30 000 palestinanoj. Pli ol 70 procentoj el ili, senkulpaj civiluloj. Pli-malpli 10 000 infanoj. Kia teruraĵo!" Temas pri vortoj de Ofer Kasif, maldekstra deputito ĉe la israela parlamento. Kasif anoncis jenon: "Mia laŭkonstitucia devo staras ĉe la israela socio

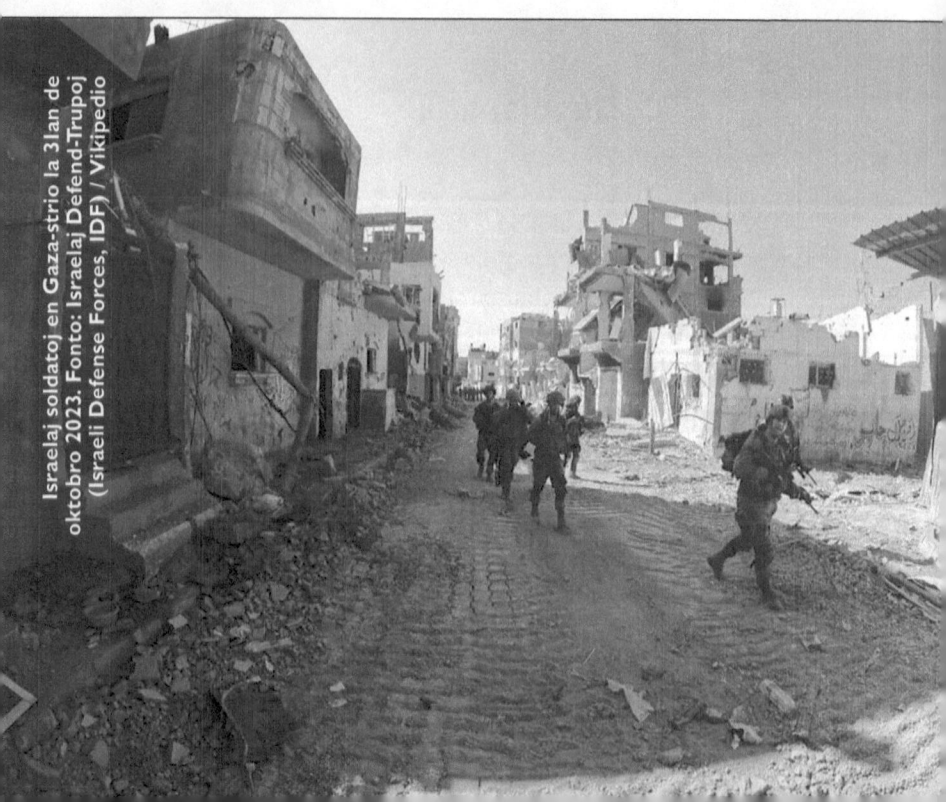

Israelaj soldatoj en Gaza-strio la 3lan de oktobro 2023. Fonto: Israelaj Defend-Trupoj (Israeli Defense Forces, IDF) / Vikipedio

kaj ĉe ĉiuj israelaj loĝantoj, sed ne ĉe ia registaro, kies membroj kaj koaliciintaj partioj postulas etnan purigon kaj eĉ realan genocidon".

Poste, li sciigis ĉiujn, ke li aliĝos al la denunco pri genocido starigita de Sud-Afriko kontraŭ Israelo ĉe la Internacia Puna Kortumo en Hago.

Tial, kompreneble, unu plian fojon la israela ekstremdekstra organizo B'celem petis la Prietikan Komitaton, ke ĝi eksigu Kasif'on el la israela parlamento. Pli ol 400 israelanoj subskribis peton de apogo al la Sud-Afrika denunco.

Siaflanke, post la atako far Hamas, António Guterres, Ĝenerala Sekretario de UN, deklaris jenon:

"Gravas agnoski, ke la atako far Hamas ŝprucis ne el la nenio. La palestina popolo estis submetata al 56-jara sufoka okupacio. Palestinanoj vidis, kiel iliaj teroj grade pleniĝas de setlejoj; estas submetataj al violento; ilia ekonomio, sufokata; la homoj, translokataj; kaj iliaj hejmoj, detruataj. Iliaj esperoj pri ia politika solvo al ilia malfacila situacio nun svenadas."

Ververe, jam 75 jarojn Israelo preteras la UN-rezoluciojn. UN deklaras, ke Palestino estas okupaciita teritorio kaj jam de longe postulas de Israelo, ke gi retiriĝu disde tie, bremsu neleĝajn setladojn kaj favoru la kreon de palestina ŝtato. Gis nun Israelo tute ignoris tion.

Ĉio ĉi, la ĉiutage televidataj animvundaj bildoj de infanoj kaj plenkreskaj senkulpuloj murditaj ĉe bombardadoj, de suferantoj pro vundoj, malsato, soifo, timego, orfiĝo, senhejmiĝo... tuŝas la konsciencojn de la popoloj kaj instigas ilin al reagoj pere de diversaj protestoj kontraŭ tiu masakro.

En Hispanio, ĝis nun pluris amase partoprenataj manifestacioj en tiu senco. Kiel poeto, mi sentas korkaresa la reagon de la kolektivo de hispanlingvaj kolegoj. Samkiel antaŭ du jaroj, ili aranĝis poeziajn protestojn kontraŭ la milito en Ukrainio, la pasintajn 13an kaj 20an de januaro 2024 ili kunvokis nin poetojn al publikaj deklamadoj de niaj poemoj apoge al la palestina popolo kaj por krii ne al la ties genocido far la israela ŝtato.

La unuan aranĝon organizis mia amiko la poeto kaj kultura aktivulo Armando Silles McLaney, jam konata de BA-legantoj (lin kaj lian poezion, en mia esperantigo, mi prezentis en BA32, p. 114-118), kune kun la aktivulino ĉe la prestiĝa kulturejo Ateneo de Madrid María Victoria Caro Bernal. En la kunvokilo legeblis i.a. jeno (en mia elhispanigo):

"Kiel do poemoj povas postuli batalhalton kaj apogi la denuncon far Sud-Afriko kontraŭ Israelo? Malgraŭ ĉiaj maljustaĵoj, mankoj, malsato, soifo kaj malvarmo, la palestina popolo rezistas al ĉio ĉi. Poetoj por Gazao aliĝas al la rezistado kaj lanĉas siajn versojn por la vivo, justo kaj paco kadre de POEZIO POR PALESTINO. VERSOJ KONTRAŬ LA GENOCIDO".

Pli ol 20 poetoj estis invititaj partopreni la aferon. Inter ili, Jorge Camacho kaj mi mem. En la unua parto de la aranĝo, Camacho voĉlegis poemon el la dua eldono, reviziita kaj ampleksigita, de sia hispanlingva poemaro *Palestina estrangulada* (Palestino strangolata). En la dua parto, li deklamis premiere sian hispanlingvan poemon *No hay derecho* (Senrajte!).

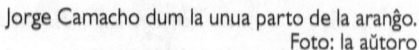

Jorge Camacho dum la unua parto de la aranĝo.
Foto: la aŭtoro

Miaflanke, kiel kutime, mi prezentis min kiel E-poeton, kiu jam de 1980 verkas en la Zamenhofa lingvo kaj en ĉi tiaj okazoj tradukas miajn versojn en la hispanan por ke la tuta ĉeestantaro komprenu ilin, sed mi ripetas la lastan parton en Esperanto por ke la publiko aŭskultu la sonojn de la originalo. Tion dirinte, mi aldonis: "La poemo, kiun mi verkis por ĉi okazo, nomiĝas *Gazao en la koro*, kiu en la hispana signifas *Gaza en el corazón* kaj sonas jene" (kompreneble nun mi prezentas al vi *BA*-legantoj nur la originalon en esperanto):

(Memore al la Palestina poeto Refaat Alareer, murdita kiel 44-jarulo,
kune kun 6 membroj de sia familio, kadre de la israela bombardado
okazinta la 7an de decembro 2023)

Se mi mortu
vi vivu
por rakonti mian historion

REFAAT ALAREER

Doloras la karno kaj bolas la sango

antaŭ la ĉiutaga genocido
al masakrata popolo palestina.
Gaza-stri' estas nun plia Aŭŝvico,
kun tricent sesdek kvin
kvadrataj kilometroj da areo,
jam pli ol sepdek jarojn
da *apartheid*, okupacio kaj ekstermo
fare de, ve!, la Cionisma Ŝtato.
Gaza-stri' estas nun nova versio
de la pentraĵ' *Gernika*, de Picasso,
jam de l' fajra novembro pasintjara.
Ho, ve, kiel terura novembro pasintjara!

Doloras la karno kaj bolas la sango.

Jen mia panjo ploras senkonsola.
Kaj jen mia filino
mortadas de malsato kaj soifo.
Kaj jen mia nepeto disrompita
de bombo detruinta lian bazan lernejon.
Kaj jen mia nepino hurladas ĉe l' ruinoj
de l' hospitalo, kie, sena je siaj kruroj,
kiujn ŝi perdis ĉe bombad' pli frua,
ŝi estis kuracata,
preskaŭe sen rimedoj kaj sen elektra lumo,
de doktoroj penantaj savi ŝin.
Kia kolero, ve, kaj kia honto!

Doloras la karno kaj bolas la sango.

Sed la Ter', nesentema, plue giras.
Kaj ne ekerupcias la vulkanoj.
Kaj ne ŝprucas cunamo
bona por forbalai
tiom da maljustaĵoj.
Kaj de la dekstra man' de la dresita
Statu' de la Libero en Nov-Jorko
ne defalas la torĉo grandahonte.
Kia kolero, ve, kaj kia honto!

Doloras la karno kaj bolas la sango.

Sed la tutmonda krio el la protesto-maro
kresĉendas, kaj Usono,
mentoro de la Ŝtato Cionisma,
petas ĝin, ne ke ĝi ne plu mortigu,
sed ke ĝi jam mortigu iom malpli.
Kaj Usono de ĝi aĉetas armojn
kun pruvita efiko kontraŭ palestinanojn.
Kaj al ĝi vendas rafinitajn armojn,
ke ĝi palestinanojn murdu plue.
Kaj l' ekstermado pluas,
la genocido pluas
kaj la okupaci' de Palestino.

Doloras la karno kaj bolas la sango.

Ĉar ne ekzistas landoj promesitaj de dioj.
Ne ekzistas popoloj elektitaj de dioj.
Ne ekzistas – diable,
vi ĉiuj devus jam ĉi tion scii! –...
ja ne ekzistas dioj!!![1]

Tuj poste, la 19 lastajn versojn mi voĉlegis ankaŭ en Esperanto.

En la dua parto, mi deklamis mian hispanan version, ĉerpitan el mia hispanlingva poemantologio – en mia traduko *Semilla de arrebol* –

l   Videaĵo kun i.a. deklamo far Suso Moinhos de ĉi poemo spekteblas ĉe: youtube.com/watch?v=33InwUsHl9Y
    Videaĵo kun i.a. deklamo far la aŭtoro de la poemo, Miguel Fernández, en lia hispanigo, spekteblas ĉe: youtube.com/watch?v=a2zgApougmc

de la poemo *Apostolo de la Ideo,* el mia poemaro *Rev-ene.* Ĉi-poeme mi priomaĝas la disvastigantojn de la liberecana socia idealo, konata kiel "la Ideo", kiuj ekde la dua duono de la 19a jarcento kutime vojaĝis en malfacilegaj kondiĉoj por "prediki" ĝian konsiston en plej foraj vilaĝoj de Andaluzio, kie, dank' al ili, la ideraro de Bakunin forte enradikiĝis. En la 9 lastaj versoj mi priomaĝas la nuntempajn apostolojn de "la Ideo", la hispanajn "indignulojn", kiuj en majo 2011 prenis multajn el la hispanaj placoj kaj tendumis tie kaj, kontraŭstarante la sistemon, tag-post-tage pruvis, ke alia mondo eblas. Jen la originala E-poemo:

Vi vojaĝis per trajnoj astmaj kaj agoniaj,
jen – malmultfoje – ene,
jen ele – surtegmente – de vagono.
Vi vojaĝis surdorse de azenoj magraj kaj elĉerpitaj.
Kaj vi vojaĝis, ĉefe, paŝ-post-paŝe,
trivante la sandalojn sur vojoj polvoplenaj
pro sunoj kaj forgesoj.
Vi portis dorsosake la tutan humanecon de Bakunin.
Kaj vi rakontis ĝin ĉe kamenfajro,
aŭ en la lumo de luno farmodoma
al taglaboristaro konsumita
de malsat' kaj maljusto.
Via voĉ' levis ĉiujn al la rango de homoj.
De ravitoj de l' ega lumo de la Ideo.

Vi semadis futuron kaj kolektis la plej valoran frukton:
l' utopion en korpo kaj animo.
Sed oni prenis for de vi ĉi frukton
kaj oni ĝin tretaĉis
kaj oni vin mortigis aŭ ekzilis.
Poste elradikigis
eĉ la plej etan eĥon viavoĉan.

Vi kvardek jarojn poste renaskiĝis
tiel impete, ke oni ne permesis
al vi semadi plue vian semon.
Oni vin remortigis.

Sed vi plue renaskiĝas ilin spite.
Tion antaŭ nelonge vi lastafoje faris

sur ĉefplacoj de urboj kaj vilaĝoj,
Ho, kiom da pasi', kia certeco,
ke la futuro sidas man-atinge!
Kelkaj el la viuloj vin ne vidis.
Ne sciis vidi vin, ĉar ili kredas,
ke vi aperos nepre kun barbo Kropotkin'a,
sed vin ornamis tamen feltharoj[2] Bob.Marley'aj

Mia prezento en ĉi dua parto finiĝis per deklamo de mia hispana versio, el *Semilla de arrebol*, de la poemeto *Hajke* el mia originala E-poemaro *Rev-ene*:

Amu la veron,
la juston, la fratecon
kaj la liberon.

Dubojn forlasu:
faru, ke ĉia bono
ebla okazu.

Nun utopio
kaj morgaŭ luma fakto:
la anarkio.

La dekduhora poezia maratono okazis unu semajnon poste kaj atingis imponan sukceson. Jen kiel mi rete vokis miajn kamaradojn de SATeH (SAT en Hispanio) al partopreno:

Gekamaradoj:

La sistema genocido far la cionisma israela ŝtato al la palestina popolo agitas la konsciencojn de ĉiuj homecaj homoj. Des pli de tiuj, kiuj, kiel ni maldekstraj esperantistoj, rigardas sin membroj

---

2   La termino "feltharoj" aperas en Vikipedio. Jen la en ĝi legebla difino: **"Feltharoj** (aŭ **rastabukloj**) estas hararanĝo en kiuj la haroj estas kuniĝintaj en dikajn feltecajn tufojn. Ĝi povas okazi nature post longa nekombado kaj estas kutima inter rastafarianoj, kaj nuntempe ankaŭ inter regee influitaj junuloj en Okcidentaj landoj. En multaj aliaj kulturoj oni tradicie feltigas siajn harojn, interalie ĉe sadhuoj en Barato. En la angla kaj multaj aliaj lingvoj, la nomo de feltharoj estas Dreadlocks. Dread, t.e. "timo", aludas timon de dio".

de unu sola "granda rondo familia", la homa specio, diversflanke dividita, laŭe al la interesoj de la reganta kapitalisma sistemo.
Por denunci tiun abomenindaĵon, multnombraj diverslandaj kolektivoj levadas sian voĉon. En Hispanio, la poetoj praktikantaj la soci-kritikan poezion, t.n. "poezion pri la kritika konscienco", konsistigas aktivan poezian rondon, kie mi havas la honoron esti rigardata "la voĉo de Esperanto" en la grupo, kaj kadre de kies aranĝoj mi kutime estas petata deklami miajn poemojn, krom en la hispana, ankaŭ en Esperanto.

Nu, samkiel antaŭ du jaroj, ĉi grupo manifestis sian proteston kontraŭ la invado de Ukrainio far Putin, aranĝante seninter-rompan dekduhoran poezian maratonon, kie deklame parto-prenis cento da poetoj, inter ili mi mem, ĉi-jare ĝi kunvokis nin poetojn "pri la kritika konscienco" al simila maratono, nomata Poesía por Palestina. Versos contra el genocidio *[Poezio por Palestino. Versoj kontraŭ la genocido], okazonta samloke, nome en Madrido, en la Socia Centro La Ferroviaria, venontsabate, la 20an de januaro 2024, de la 10a ĝis la 22a horoj, kontraŭ la genocido far la israela ŝtato kaj kiel apogo al la masakrata palestina popolo.*

Pli ol 120 poetoj, inter ili mi mem, estis invititaj partopreni en tiu poezia maratono. La eĥo de tiu propono mirindis. Tiel, ke poetaj kolektivoj en pli ol 30 urboj en Hispanio, aliaj eŭropaj landoj kaj Hispan-Ameriko transprenis la iniciaton kaj ankaŭ ili starigos similajn aranĝojn. Entute, pli ol mil poetoj deklamos siajn versojn kontraŭ la genocido en Gaza-strio!!!

Bele, se pluraj el ni, ĉu Madridaj, ĉu ne Madridaj SATeH-anoj, volos kaj povos ĉeesti tiun aranĝon! Ĉiu el la antaŭviditaj poetoj disponos nur kvin minutojn por prezenti siajn versojn. Min rilate, oni ilin asignis al mi iam inter la 11a kaj la 12a horoj. Ĉi-kadre, mi prezentos du poemojn. La lastan parton de unu el ili mi deklamos ankaŭ en Esperanto.

Sanon kaj poezion!
Sanon kaj utopion!

Nur poste Camacho sciigis min pri tio, ke li sukcesis aliĝi al la poezia maratono kaj ke oni asignis al li la 3an kaj duonon ptm. por ke li komencu sian voĉlegon. Bela novaĵo! Sed, bedaŭrinde, mi ne povis ĉeesti lian prezenton. Tiomahore mi restis kun geamikoj, kelkaj el ili esperantistoj, partoprenintaj, kune kun mi, la imponan manifestacion, kiu tagmeze, tuj post mia deklamo ĉe La Ferroviaria, startis de loko sufiĉe proksima al ĝi. Tiu manifestacio estis ero de la plej granda protesta kunagado apoge al Palestino realigita ĉi-lande, ĝuste en 91 hispanaj urboj, por peti la Hispanan Registaron, ke ĝi aliĝu al la genocido-denunco far Sud-Afriko kaj, krome rompu siajn rilatojn kun la ŝtato Israelo.

Camacho sciigis onin, ke li alŝutis al Jutubo videaĵon pri sia prezento. (Ĝi spekteblas ĉe: youtu.be/u34HenUEtZ0?si=ogZv9nOlZPPjmrGG). Temas pri la sama poemo, kiun li deklamis premiere en la dua parto de la aranĝo okazinta la 13an de januaro, nome la hispanlingva *No hay derecho*. Li aldonis ligilon al la teksto. Jen ĝi: cafemontaigne.com/no-hay-derecho-un-poema-de-jorge-camacho-cordon/quemaduras/admin

Miguel Fernández dum la poezia maratono.
Foto: la aŭtoro

Miaflanke, kadre de la dekduhora poezia maratono, mi ripetis la poemon, kiun mi prezentis premiere en la unua parto de la arانĝo okazinta la 13an de januaro, nome *Gaza en el corazón*, kaj agis same kiel tiam, nome, fininte mian voĉlegon en la hispana, mi deklamis la 19 lastajn versojn de la originalo en Esperanto. Sed ĉi-okaze tion mi faris eĉ pli plezure pro la ĉeesto de mia amiko Alberto García-Teresa, animo kaj koro de la grupo de poetoj "pri la kritika konscienco", kiu tre ŝatas aŭskulti min en E-deklamado. García-Teresa jam konatas de la *BA*-legantoj. Lin, lian buntan, kuraĝan, surprizan kaj efikan poezian aktivecon, kune kun lia poezio en mia esperantigo, mi prezentis en *BA29*, kadre de la artikolo *Hispanaj nuntempaj soci-kritikaj poetoj* (p. 138-148).

Tuj poste, kaj kiel finon de mia prezento, mi deklamis mian hispanan version, ĉerpitan el mia hispanlingva poemantologio en mia traduko *Semilla de arrebol*, de la poemo *Unua kanto*, el mia poemaro *Rev-ene*, kiu tekstas jene:

Starigu
en via eno
la regnon
luman de l' poezio

Nur tiel
en via elo
vi perbatalos
la poezian regnon de la lumo.

En la nokto de tiu tago mi sciiĝis, ke mia poemo *Gaza en el corazón* estis deklamita ankaŭ en la Ateneo de Granado, mia naskiĝurbo, kadre de arانĝo koneksa kun nia Madrida poezia maratono. Kiel korkaresa donaco!

Kelkajn tagojn poste, la organizantoj petis nin poetojn partopreni-intajn en la poezia maratono sendi al ili la tekstojn de la deklamitaj poemoj por ke palestinano traduku ilin en la araban kaj oni publikigu ĉiujn ĉi tradukojn kunaj kuntekste de libro. Kiel korkaresa honoro!

Tiuj kiuj marŝas for el Omelas

de Ursula K. Le Guin
(el la angla tradukis Brandon Sowers[1])

Ursula K. Le Guin (1929, Berkeley, Kalifornio – 2018, Portland, Oregono) verkis dum sesdeko da jaroj, ekde 1959. Ŝia verkaro ampleksas poemojn, tradukojn, literaturkritikon, infanlibrojn, novelojn kaj romanojn. Ŝi preferis esti konata kiel "usona romanisto". Ŝiaj verkoj ofte havis spekulativajn elementojn kaj povas klasiĝi kiel sciencfikcio. Ŝi estis la unua virino kiu ricevis la prestiĝajn sciencfikciajn premiojn Hugo kaj Nebula en 1969, pro sia romano *The Left Hand of Darkness* (La maldekstra mano de mallumo), kaj ricevis multajn aliajn premiojn dum postaj jaroj. En 1977 ŝi rifuzis akcepti la premion Nebula, proteste al la decido eksigi Stanisław Lem kiel komuniston de la organizo Science Fiction Writers of America ("Sciencfikciaj Verkistoj de Usono"), kiu donas tiun premion. Post ŝia morto en 2018, la usona verkisto Michael Chabon nomis ŝin "la plej grava usona verkisto de ŝia generacio". *The Ones Who Walk Away From Omelas* estis unue eldonita en 1973 kaj ricevis la premion Hugo en 1974. Ĝi estas ofte instruata en usonaj lernejoj kaj influis multajn postajn kulturaĵojn, inkluzive epizodojn de Star Trek, videoludojn, filmojn kaj muzikon.

Per klingoklango de sonoriloj, kiu sorigis la hirundojn, la Somerfestivalo venis al la urbo Omelas, bril-tura apud la maro. La rigilaroj de la boatoj en la haveno scintilis per flagoj. En la strato, inter ruĝtegmentaj domoj kaj farbitaj muroj, inter malnovaj musko-kovritaj ĝardenoj kaj sub arbaj avenuoj, preter grandaj parkoj kaj publikaj konstruaĵoj,

---

1 La traduko ricevis trian premion en la 6-a tradukkonkurso Lucija Borčić de Kroata Esperantista Unuiĝo en 2022.

procesioj moviĝis. Iuj estis solenaj: maljunuloj en longaj, rigidaj roboj de violo kaj grizo, seriozmienaj majstro-metiistoj, kvietaj, gajaj virinoj, kiuj portis siajn bebojn kaj babilis dumpromene. En aliaj stratoj la muziko pli rapide pulsis, brilaĵo de gongo kaj tamburino, kaj la homoj dancis, la procesio estis danco. Infanoj saltis enen kaj elen, iliaj altaj krioj leviĝis kiel la transirantaj hirundaj flugoj, super la muziko kaj la kantado. Ĉiu procesio serpentumis al la Norda flanko de la urbo, kie sur la granda akvo-ebenaĵo nomita la Verda Kampo knaboj kaj knabinoj, nudaj en la brila aero, kun kot-makulitaj piedoj kaj artikoj kaj longaj, sveltaj brakoj, ekzercis siajn energiajn ĉevalojn antaŭ la konkurso. La ĉevaloj ne surhavis jungilaron krom kaprimeno sen mordaĵo. La kolharoj estis plektitaj per ŝnuroj arĝentaj, oraj kaj verdaj. Ili snufis tra la naztruoj kaj prancis kaj fanfaronis unu al la aliaj; ili estis vaste ekscititaj, ĉar ja ĉevalo estas la sola besto kiu adoptis niajn ceremoniojn kiel siajn proprajn. Longe for, Norde kaj Okcidente, staris la montoj, duone ĉirkaŭantaj al Omelas sur ĝia golfeto. La matena aero estis tiom klara ke la neĝo ankoraŭ kronanta la Dek Ok Pintojn brulis kun blank-ora fajro trans la mejloj da sunluma aero, sub la malhela bluo de la ĉielo. La vento ĝuste sufiĉis por jen kaj jen flirtigi kaj kraketigi la flagojn kiuj markis la konkursejon. En la silento de la larĝaj, verdaj ebenaĵoj, oni povis aŭdi la muzikon serpentumi tra la urbaj stratoj, fore, proksime, ĉiam proksimiĝante; gaja, milda dolĉeco de la aero de temp' al tempo tremis kaj kuniĝis kaj transformiĝis en la grandiozan, ĝojan klingoklangon de la sonoriloj.

Ĝojan! Kiel oni parolu pri ĝojo? Kiel priskribi la civitanojn de Omelas?

Ili ne estis simpluloj, komprenu, kvankam ili estis feliĉaj. Sed ni malofte nun diras la vortojn de gajeco. Ĉiu rideto arkaikiĝis. Pro priskribo tia ĉi, oni emas fari certajn supozojn. Pro priskribo tia ĉi, oni emas poste serĉi la Reĝon, rajdantan grandiozan stalonon kaj ĉirkaŭitan de siaj noblaj kavaliroj, aŭ eble portatan sur palankeno de muskolozaj sklavoj. Sed mankis reĝo. Ili ne uzis glavojn, nek tenis sklavojn. Ili ne estis barbaroj. Mi ne konas la regulojn kaj leĝojn de ilia socio, sed mi suspektas ke tiuj estis ekstreme malmultaj. Samkiel ili vivis sen monarkio kaj sklaveco, tiel ili vivis ankaŭ sen borsoj, reklamoj, sekretaj policistoj, atombomboj. Tamen mi ripetas ke ili ne estis simpluloj, nek idiliaj ŝafistoj, noblaj sovaĝuloj, banalaj utopiistoj. Ili ne estis malpli komplikaj ol ni.

La problemo estas ke ni havas la malbonan kutimon, spronitan de pedantoj kaj mondumuloj, konsideri la feliĉon kiel ion sufiĉe stultan. Nur doloro estas intelekta, nur malbono interesa. Jen la perfido de la artisto: rifuzo agnoski la banalecon de la malbono kaj la teruran tedon de la doloro. Al Dio servu, diablon rezervu. Ne helpas ploro al doloro. Sed laŭdi desperon estas kondamni delekton, alpreni perforton estas perdi konekton al ĉio alia. Ni preskaŭ perdis konekton: ni jam ne plu povas priskribi homon feliĉan, nek celebri ĝojon. Kiel mi povas paroli al vi pri la popolo de Omelas? Ili ne estis naivaj kaj feliĉaj infanoj – kvankam la infanoj estis, efektive, feliĉaj. Ili estis maturaj, inteligentaj, pasiaj adoltoj, kies vivoj ne estis mizeraj. Ho miraklo! Sed mi deziras priskribi Omelas pli bone. Mi deziras konvinki vin.

Omelas sonas en miaj vortoj kiel fabela urbo, de tempo kaj loko longe foraj. Eble plej bonus se vi imagus ĝin kiel via propra imagopovo postulas, se tiu kapablas, ĉar certe mi ne povas kontentigi vin ĉiujn. Ekzemple, kio pri teknologio? Mi pensas ke estus nenia aŭto aŭ helikoptero sur aŭ super la stratoj; tio sekvas el la fakto ke la homoj de Omelas estas feliĉa gento. Feliĉo baziĝas sur la justa distingo inter kio necesas, kio nek necesas nek detruas, kaj kio detruas. En la meza kategorio, tamen – la nenecesa sed nedetrua, tiu de komforto, lukso, abundeco, ktp. – ili tre bone povus havi centran hejtadon, metroojn, lavmaŝinojn, kaj ĉian specon de mirigaj aparatoj ankoraŭ ne inventitaj ĉi tie, ŝvebantajn lumojn, energion senfuelan, kuracon por malvarmumoj. Aŭ ili povus havi neniom da tio: ne gravas. Kiel plaĉas al vi. Mi emas pensi ke homoj el vilaĝoj de la tuta marbordo alvenis al Omelas dum la lastaj tagoj antaŭ la Festivalo sur tre rapidaj trajnetoj kaj duetaĝaj tramoj, kaj ke la trajnstacidomo de Omelas estas efektive la plej bela konstruaĵo en la urbo, kvankam pli modesta ol la grandioza Farmista Foirejo. Sed eĉ kun trajnoj, mi timas ke Omelas ankoraŭ odoras tro virtulaĉa por iuj el vi. Ridetoj, sonoriloj, paradoj, ĉevaloj, bleh. Se tiel estas, bonvole aldonu orgion. Se orgio helpus, ne hezitu. Ni evitu, tamen, templojn el kiuj paŝadas belaj nudaj sacerdotoj kaj sacerdotinoj, jam duonekstazaj, pretaj kopuli kun ajna viro aŭ virino, amanto aŭ nekonato kiu deziras unuiĝon kun la profunda diesenco de la sango, kvankam tio estis mia unua ideo. Sed vere estus pli bone havi neniun templon en Omelas – almenaŭ ne kun ekleziuloj. Religion jes, ekleziulojn ne. Certe la belaj nuduloj povas simple vagadi, oferante sin kiel diajn frandaĵojn al la malsato de la mizeruloj kaj al la ekstazo de la karno. Aliĝu ili al la procesioj. Tamtamiĝu la tamburinoj super la kopuladoj, proklamiĝu la gloro de la deziro super la gongoj, kaj (ne malgrava punkto) estu la idoj de tiuj delektaj ritoj amataj kaj prizorgataj de ĉiuj. Unu afero pri kies manko en Omelas mi tute certas estas kulposento. Sed kio plia estu?

Mi pensis komence ke estus neniuj drogoj, sed tio estas puritaneca. Por tiuj al kiuj plaĉus, la milda, insistema dolĉo de *drozo* povas parfumi la vojojn de la urbo, *drozo* kiu portas unue grandajn leĝeron kaj brilon al la menso kaj la membroj, kaj post kelkaj horoj sonĝecan langvoron, kaj fine mirindajn viziojn de la arkana magio kaj plej enaj sekretoj de la Universo, ankaŭ ekscitanta la plezuron de volupto preter ĉiu kredeblo; kaj kiu estas nedependiga. Por pli modestaj preferoj mi pensas ke estu biero. Kio pli, kio pli apartenu al la ĝoja urbo? La sento de venko, certe, la glorado de kuraĝo. Tamen, samkiel ne bezonis ni ekleziulojn, ne bezonu ni soldatojn. La ĝojo konstruita sur sukcesa buĉado ne estas la ĝusta speco, ĝi ne konvenos; ĝi estas timplena, ĝi estas bagatela. Kontenteco senlima kaj malavara, grandanima triumfo sentata ne kontraŭ iu ekstera malamiko sed en komunio kun la plej fajna kaj bela en la animoj de ĉiuj homoj ĉie kaj la pompo de la monda somero; jen kio ŝveligas la korojn de la homoj de Omelas, kaj la venko festata de ili estas tiu de la vivo. Mi vere ne pensas ke multaj el ili bezonas *drozon*.

La plejmulto de la procesioj jam atingis la Verdajn Kampojn. Mirinda odoro de kuirado eliras el la ruĝaj-bluaj tendoj de la proviantistoj. La vizaĝoj de malgrandaj infanoj estas aminde gluemaj; en la afabla griza barbo de viro implikiĝis kelkaj eroj de grasa farunaĵo. La junuloj kaj knabinoj surĉevaliĝis kaj komencas grupiĝi ĉirkaŭ la komenclinio de la konkursejo. Olda virino, etstatura, dika kaj ridanta, disdonas florojn el kesto, kaj altaj junaj viroj portas ŝiajn florojn en sia brilanta hararo. Infano naŭ aŭ dek jarojn aĝa sidas ĉe la rando de la amaso, sola, ludante lignan fluton. Homoj paŭzas por aŭskulti, kaj ili ridetas, sed ili ne parolas al li, ĉar li neniam ĉesas ludi kaj neniam vidas ilin, liaj malhelaj okuloj plene ekstazas en la dolĉa, maldensa magio de la melodio.

Li finas, kaj malrapide mallevas la manojn kun la ligna fluto. Kvazaŭ tiu privata silenteto estus la signalo, subite eksonas trumpeto el la pavilono apud la komenclinio: ordona, melankolia, trabora. La ĉevaloj baŭmas sur siaj sveltaj kruroj, kaj kelkaj henas responde. Sobravizaĝaj, la junaj rajdantoj karesas la ĉevalkolojn kaj konsolas ilin, susurante,

"Trankviliĝu, trankviliĝu, mia belo, mia espero..." Ili komencas formiĝi en pozicio sur la komenclinio. La amasoj sur la konkursejo estas kiel kampo de herbo kaj floroj en la vento. La Somerfestivalo komenciĝis. Ĉu vi kredas? Ĉu vi akceptas la festivalon, la urbon, la ĝojon? Ne? Lasu min do priskribi ankoraŭ unu plian aferon.

En subtera etaĝo sub unu el la belaj publikaj konstruaĵoj de Omelas, aŭ eble en la kelo de unu el ĝiaj spacozaj privataj hejmoj, estas ĉambro. Ĝi havas unu ŝlositan pordon, kaj neniun fenestron. Inter krevaĵoj en la tabuletoj polvece enkribriĝas iomete da lumo, malrekta el araneaĵa fenestro ie trans la kelo. En unu angulo de la ĉambreto, apud rusta sitelo, staras kelkaj ŝvabriloj, kun rigidaj, mucidodoraj kapoj. La planko estas el tero, malseketa, kia tero en kelo ĝenerale estas. La ĉambro longas tri paŝojn kaj larĝas du: nura balailejo aŭ neuzita ilarĉambro. En la ĉambro sidas infano. Povus esti knabo aŭ knabino. Aspektas sesjara, kvankam ĝi aĝas preskaŭ dek. Estas feblamensa. Eble ĝi naskiĝis kun difekto, aŭ eble ĝi degeneris pro timo, malsato kaj neglekto. Ĝi fosas sian nazon kaj fojfoje svage tuŝetas siajn piedfingrojn aŭ seksorganon, dum ĝi kaŭras en la angulo plej for de la sitelo kaj la du ŝvabriloj. Ĝi timas la ŝvabrilojn. Ĝi trovas ilin hororplenaj. Ĝi fermas la okulojn, sed ĝi scias ke la ŝvabriloj ankoraŭ staras tie; kaj la pordo estas ŝlosita; kaj neniu venos. La pordo ĉiam estas ŝlosita; kaj neniu iam venas, krom ke foje – la infano havas neniun koncepton pri tempo aŭ intervaloj – foje la pordo krakas terure kaj malfermiĝas, kaj persono, aŭ pluraj homoj, estas tie. Unu el ili eble venas kaj piedbatas la infanon, por ke ĝi stariĝu. La aliaj neniam proksimiĝas, sed kaŝrigardas al ĝi per timemaj, naŭzitaj okuloj. La manĝbovlo kaj la akvokruĉo estas haste plenigataj, la pordo ŝlosata, la okuloj malaperas. La homoj ĉe la pordo ĉiam silentas, sed la infano, kiu ne ĉiam vivis en la ilarĉambro, kaj povas memori sunlumon kaj la patrinan voĉon, foje parolas. "Mi kondutos bone," ĝi diras. "Bonvole ellasu min. Mi kondutos bone!" Ili neniam respondas. La infano iam kriadis por helpo dum la nokto, kaj ploris sufiĉe multe, sed nun ĝi nur faras iun grincadon, "eh-haa, eh-haa," kaj ĝi parolas pli kaj pli malofte. Ĝi estas tiom magra ke al la kruroj mankas suroj; la ventro elstaras; ĝi vivas per duona bovlo da maizaĵo kaj graso tage. Ĝi estas nuda. Ĝiaj sidvangoj kaj femuroj estas amaso da abscesaj eskaroj, ĉar ĝi sidas en la propra ekskremento daŭre.

Ili ĉiuj scias ke ĝi estas tie, ĉiuj homoj de Omelas. Iuj venis por rigardi ĝin, aliaj estas kontentaj simple scii ke ĝi estas tie. Ili ĉiuj scias ke ĝi devas esti tie. Kelkaj komprenas kial, kaj kelkaj ne, sed ili ĉiuj komprenas ke ilia feliĉo, la tenereco de iliaj amikecoj, la sano de iliaj infanoj, la saĝo de iliaj kleruloj, la lerto de iliaj metiistoj, eĉ la abundo de iliaj rikoltoj kaj la afabla vetero de ilia ĉielo dependas plene je la abomena mizero de tiu ĉi infano.

Kutime oni klarigas tion al infanoj kiam ili aĝas inter ok kaj dek du, kiam ili ŝajnas kapablaj kompreni; kaj la plejmulto de tiuj kiuj venas por vidi la infanon estas junuloj, kvankam sufiĉe ofte plenkreskuloj venas, aŭ revenas, por vidi la infanon. Ne gravas kiom detale oni klarigis la aferon al ili, la junaj spektantoj estas ĉiam ŝokitaj kaj naŭzitaj je la rigardo. Ili sentas naŭzon, je kio ili kredis sin superaj. Ili sentas koleron, furiozon, senpotencon, malgraŭ ĉiuj klarigoj. Ili ŝatus ion fari por la infano. Sed estas nenio kion ili povas fari. Se la infano estus levita en la sunlumon el tiu malnobla loko, se ĝi estus lavata kaj nutrata kaj konsolata, estus ja bona afero; sed se tio okazus, en tiuj tago kaj horo la tutaj prospero kaj belo kaj ravo de Omelas forvelkus kaj detruiĝus. Jen la kondiĉoj. Interŝanĝi ĉiun bonecon kaj gracon de ĉiu vivo en Omelas por tiu unuopa, malgranda pliboniĝo: forĵeti la feliĉon de miloj por la ebla feliĉo de unu: ja tio signifus enlasi kulposenton en la murojn.

La kondiĉoj estas striktaj kaj absolutaj; estas malpermesite diri eĉ unu afablan vorton al la infano.

Ofte la gejunuloj iras hejmen larmoplenaj, aŭ en senlarma rabio, kiam ili vidas la infanon kaj frontas tiun teruran paradokson. Ili eble kovos ĝin dum semajnoj aŭ dum jaroj. Sed kun paso de la tempo, ili komencas konstati ke eĉ se la infano povus esti malkatenita, ĝi malmulte profitus el sia libereco: svagan plezureton de varmo kaj manĝaĵo, sendube, sed malmulte pli. Ĝi estas tro malbonstata kaj difektita por koni veran ĝojon. Ĝi tro longe timis por iam esti libera de timo. Ĝia konduto estas tro vulgara por ke ĝi respondu al humana traktado. Jes ja, post tiom longe ĝi verŝajne estus mizera sen muroj ĉirkaŭaj por protekti ĝin, sen mallumo por siaj okuloj, sen sia propra ekskremento en kiu sidiĝi. La larmoj pro la amara maljusto sekiĝas kiam ili komencas percepti la teruran juston de la realo, kaj akcepti ĝin. Tamen estas la larmoj kaj la rabio, la elprovado de sia malavareco kaj la akcepto de sia senhelpeco, kiuj estas eventuale la vera fonto de la pompo de iliaj vivoj. Ilia feliĉo ne estas obtuza aŭ senrespondeca. Ili scias ke ili, kiel la infano, ne estas liberaj. Ili konas kompaton. Estas la ekzisto de la infano, kaj ilia scio pri ĝia ekzisto, kiu ebligas la noblecon de ilia arkitekturo, la sentemon de ilia muziko, la profundon de ilia scienco. Estas pro la infano ke ili estas tiom mildaj kun infanoj. Ili scias ke se la mizerulo ne estus tie, ploretanta en la mallumo, la alia, la flutisto, ne povus krei gajan muzikon dum la junaj rajdantoj enviciĝas en sia belo por la konkurso en la sunlumo de la unua mateno de somero.

Ĉu vi nun kredas je ili? Ĉu ili ne estas pli kredeblaj? Sed restas ankoraŭ unu afero por rakonti, kaj tio ĉi estas aparte nekredebla.

Foje unu el la adoleskaj knabinoj aŭ knaboj kiuj iras por rigardi la infanon ne revenas hejmen por larmi aŭ furiozi, ne, efektive, revenas hejmen entute. Foje ankaŭ viro aŭ virino multe pli aĝa silentas dum tago aŭ du, kaj poste forlasas la hejmon. Tiuj homoj eliras en la straton, kaj marŝas laŭ la strato solaj. Ili daŭre iras, kaj iras rekte for el la urbo Omelas, tra la belaj pordegoj. Ili daŭre marŝas trans la bienejoj de Omelas. Ĉiu iras sola, junulo aŭ knabino, viro aŭ virino. Noktiĝas; la vojaĝanto devas trapasi vilaĝajn stratojn, inter la domoj kun flavlumaj fenestroj, kaj plue en la mallumon de la kampoj. Ĉiu sola, ili iras okcidenten aŭ norden, ĝis la montoj. Ili pluiras. Ili forlasas Omelas, ili marŝas plu en la mallumon, kaj ne revenas. La loko al kiu ili iras, estas loko eĉ pli neimagebla por la plejmulto el ni ol la urbo de feliĉo. Mi entute ne povas priskribi ĝin. Povas esti ke ĝi ne ekzistas. Sed ili ŝajne scias kien ili iras, tiuj kiuj marŝas for el Omelas.

La blato[1]

50

de Dino Buzzati
(el la itala tradukis Sara Spanò)

Dino Buzzati Traverso (1906-1972) estis itala verkisto, aŭtoro de granda nombro da romanoj kaj rakontoj surrealismaj kaj fantastaj. Buzzati estis ofte nomata "la itala Kafka" kaj estas konsiderata, kune kun Italo Calvino, Tommaso Landolfi, Massimo Bontempelli, Anna Maria Ortese kaj Juan Rodolfo Wilcock, unu el la plej elstaraj italaj verkistoj de la 20-a jarcento pri la fantasta/magirealisma ĝenro: lia plej fama verko estas *La dezerto de la Tataroj*, romano publikigita en 1940 (tradukita al Esperanto de Daniele Mistretta en 1994). Por sia novelaro *Sessanta racconti* ("Sesdek rakontoj"), en kiu unuafoje aperis la rakonto *Una cosa che comincia per elle* ("Io kio komenciĝas per L", *BA47*, p. 21), li ricevis la nacian premion *Strega* en 1958. Pliajn detalojn vidu en *BA47*.

Dino Buzzati en la 1950-aj jaroj.

Malfrue rehejmeniĝinte, mi dispremis blaton, fuĝantan inter miaj piedoj en la koridoro (ĝi restis tie, nigra, surkahele), poste mi eniris la ĉambron. Ŝi dormis. Apud ŝi mi kuŝiĝis, malŝaltis la lumon, el la malfermita fenestro mi vidis pecon da muro kaj da ĉielo. Estis varme, mi ne sukcesis dormi, malnovaj historioj renaskiĝadis en mi, duboj same, kaj ĝenerala malfido al la morgaŭo. Ŝi ĝemetis. "Kio okazas al vi?" mi demandis. Ŝi malfermis grandan okulon, kiu ne vidis min, ŝi murmuris: "Mi timas." "Kion vi timas?" mi demandis. "Mi timas morti." "Ĉu vi timas morti? Kaj kial?" Ŝi diris: "Mi sonĝis..." Ŝi iom alpremiĝis al mi. "Sed kion vi sonĝis?" "Mi sonĝis ke mi estas en kamparo, mi sidas ĉe riverbordo kaj mi aŭdas forajn kriojn... kaj mi devas morti." "Ĉu ĉe riverbordo?" "Jes" ŝi diris "mi aŭdis la ranojn... kva kvak, ili blekis." "Kaj kioma horo estis?" "Estis vespere, kaj mi aŭdis kriojn." "Nu, dormu, nun estas preskaŭ la dua." "Ĉu la dua?" sed ŝi ne sukcesis kompreni, dormo jam rekaptis ŝin.

---

1 "Lo scarafaggio", el *La boutique del mistero* (La butiko de la mistero), Mondadori, p. 177-179, bitlibra eldono.

Mi malŝaltis la lumon kaj aŭdis, ke iu prifosas sube en la korto. Poste leviĝis hundobleko, akuta kaj longa; ŝajnis, ke ĝi ĝemas. Ĝi leviĝis alten, preterpasante antaŭ la fenestro, perdiĝis en la varma nokto. Poste persieno malfermiĝis (aŭ ĉu ĝi fermiĝis?). For, tre for, sed eble mi eraris, infano ekploris. Poste denove la hojlo de la hundo, pli longa ol antaŭe. Mi ne sukcesis dormi. Viraj voĉoj venis de iu alia fenestro. Ili estis mallaŭtaj, kvazaŭ murmuroj duondormaj. Kvik kvik, kvivit, mi aŭdis el suba balkono, kaj kelkajn flugbatojn. "Florio!" oni abrupte aŭdis krii, tio estis supozeble unu aŭ du domojn pli for. "Florio!" tio ŝajnis esti virino, angorplena virino, kiu perdis sian filon.

Sed kial la kanario sube vekiĝis? Kio okazis? Per ĝema knarado, kvazaŭ iu puŝus ĝin iom post iom por ne esti aŭdata, pordo malfermiĝis ie en la domo. Kiom da maldormaj homoj ĉi-hore, mi pensis. Strange, ĉi-hore.

"Mi timas mi timas" ŝi ĝemis, serĉante min per brako. "Ho, Maria" mi demandis "kio okazas al vi?" Ŝi respondis per malforta voĉo: "Mi timas morti." "Ĉu vi sonĝis denove?" Ŝi kapjesetis. "Ĉu denove tiuj krioj?" Ŝi kapjesis. "Kaj vi devis morti?" Jes jes, ŝi diris, klopodante alrigardi min, kun la palpebroj gluitaj de dormo.

Estas io, mi pensis: ŝi sonĝas, la hundo hurlas, la kanario vekiĝis, homoj ellitiĝis kaj parolas, ŝi sonĝas morton, ŝajnas kvazaŭ ĉiuj sentus ion, iun ĉeeston. Ho, la dormo ne venis al mi, kaj la steloj pasadis. Mi klare aŭdis enkorte la bruon de ekbruligita alumeto. Kial iu ekfumas je la tria nokte? Do pro soifo mi ellitiĝis kaj eliris el la ĉambro por preni akvon. Enŝaltinte la malgajan koridoran lampeton, mi ekvidis la nigran makulon surkahele kaj haltis, timeme. Mi rigardis: la nigra makulo moviĝis. Aŭ pli precize, peceto de ĝi moviĝis (ŝi sonĝas ke ŝi mortas, la hundo hurlas, la kanario vekiĝas, homoj ellitiĝas, patrino alvokas sian filon, pordoj knaras, iu ekfumas kaj, eble, infana plorado).

Mi vidis surplanke la nigran dispremitan besteton movi piedeton. Estis tiu dekstre, centre. Ĉio cetera estis senmova, inkmakulo faligita de la morto. Sed krureto feble remadis, kvazaŭ kontraŭflue, eble laŭ la tenebra rivero. Ĉu ĝi esperis plu?

Dum du horoj kaj duono de la nokto – tremo trakuris min – la abomeninda insekto, algluita al la kahelo de siaj propraj visceraj viskecaj likvoj, dum du horoj kaj duono mortadis, kaj tio ankoraŭ ne finiĝis. Mirinde ĝi plumortadis, transdonante per sia lasta piedeto ian mesaĝon. Sed kiu povis akcepti ĝin je la tria nokte en la koridora mallumo de nekonata pensiono? Dum du horoj kaj duono, mi pensis, daŭre supren-suben, la lasta vivporcio puŝata en la supervivintan krureton por elpetegi justecon. Infana plorado – iam mi legis – sufiĉas por veneni la mondon. En sia koro, Dio ĉiopova volus ke tiaj aferoj ne okazu, sed li ne povas malebligi tion, ĉar tion li mem decidis. Sed ombro tiam sterniĝas sur nin. Mi dispremis per pantoflo la insekton kaj frotante surplanke mi kaĉigis ĝin en longan grizan strion.

Tiam finfine la hundo eksilentis, ŝi dumdorme kvietiĝis kaj ŝajnis preskaŭ rideti, la voĉoj estingiĝis, la patrino eksilentis, plu neniu maltrankvil-simptomo de la kanario, la nokto ekpasadis denove super la laca domo, la morto migris al aliaj mondopartoj por ŝveligi sian malkvieton.

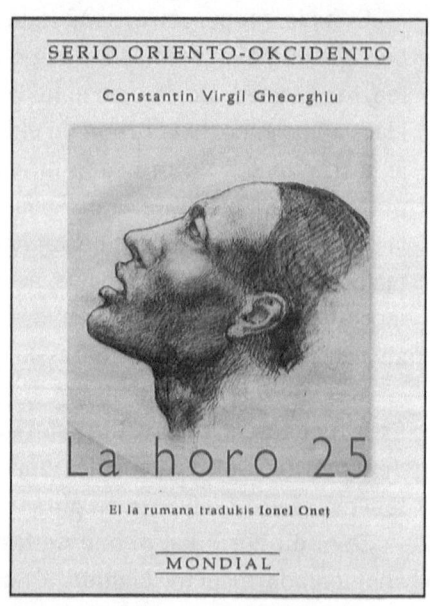

Dafniso kaj Ĥloa

de Longos
(el la malnovgreka tradukis Gerrit Berveling)

La paŝtistaj amaferoj de Dafniso kaj Ĥloa estas romano verkita ĉirkaŭ la 3a jc p.K. de la helena aŭtoro Longos, kiu estis devena de Lesbo kaj estis, verŝajne, liberigito. La romano konsistas el kvar "libroj", t.e. ĉapitroj. La verko influos poste multajn artistojn, i.a. Chagall kaj Yukio Mishima.

Antaŭparolo

1:1 Sur Lesbo ĉasante en sankta arbareto de la Nimfoj mi vidis la plej belan spektaĵon, kiun iam mi vidis: pentritan bildon, amhistorion. Bela estis ankaŭ la arbareto mem, riĉa je arboj kaj floroj kaj bone ŝprucakvumita: el unusola fonto ĉio estis nutrata, floroj same kiel arboj. Sed la pentraĵo estis ankoraŭ pli alloga, ne nur pro la arta prezentado de la amhistorio, kiun ĝi bildigis, sed ankaŭ pro la erotika enhavo, tiel ke multaj, ankaŭ inter la fremduloj, pro ĝia famo tien estis altirataj, unuflanke por preĝi al la Nimfoj, aliflanke por spekti la bildon. **2** En ĝi estis virinoj kiuj

Jean-Pierre Cortot: Dafniso kaj Ĥloa (Luvro, Parizo)

naskis kaj aliaj kiuj vindis infanojn; krome, ĝi montris forlasitajn bebetojn, brutojn kiuj mamnutris ilin, paŝtistojn kiuj forportis ilin, junulojn kiuj amikiĝis, rabekspedicion de piratoj kaj atakon de malamikoj. Dum plena je admiro mi spektis ankoraŭ aliajn scenojn, ĉiujn am-aferojn, mi ekdeziris pripentri pervorte tiujn okazaĵojn. **3** Do mi serĉis iun por klarigi al mi tiun pentraĵon, kaj kvar librojn mi verkis kiel donacon al Eroso, al la Nimfoj kaj al Pajno, por ke ĉiuj kun plezuro ĝin posedu, ke la malsanulon ĝi refortigu, la ĉagrenitan ĝi konsolu, kaj ke memorojn ĝi veku ĉe ĉiu, kiu konis la amon, kaj instruu tiun, kiu ĝin ankoraŭ ne ekkonis. 4 Ĉar absolute neniu iam ajn eskapis de Eroso aŭ iam eskapos de li, dum ekzistas beleco kaj okuloj por vidi. Al ni tamen la Dio koncedu plu esti prudentaj kaj verki pri tio kion vivis aliaj.

1a libro

1:1 Mitileno estas granda kaj bela urbo sur Lesbo: kanaloj trairas ĝin, tra kiuj la maro ĝin povas enflui, kaj ĝin ornamas pontoj el blanka polurita ŝtono. Oni kredus vidi ne urbon, sed insulon. 2 Ĉirkaŭ 200 stadiojn de tiu urbo Mitileno troviĝis la tereno de riĉulo, mirinda posedaĵo: estis tie montoj plenaj ja ĉasaĵo, grenfekundaj ebenaĵoj, ondantaj vinberĝardenoj kaj herbejoj kun brutaro. Kaj la maro rompiĝis sur la vasta bordo de mola sablo.

2:1 Sur tiu agro kaprin-gardisto, Lamono laŭnome, trovis dumpaŝtade ideton, kiun mamnutris unu el liaj kaprinoj. Estis surloke kverk-arbareto kun dorneca arbustaĵo, sur kiu hederobranĉetoj kreskis, kaj estis mola herbotapiŝo, sur kiu kuŝis la infaneto. Daŭre tien iradis la kaprino, malaperis ofte kaj tiel sian ideton forlasis por varti la infanon. 2 Lamono rimarkis tiun ir- kaj reiradon, ĉar li zorgis pri la soleca kaprideto, kiun li vidis malzorgata; kaj foje, je tagmeza varmo sekvante ŝiajn spurojn li vidas la kaprinon zorgeme paŝi super la infaneto, por dismetante la krurojn ne dolorigi la infaneton, kaj li vidis kiel la infano trinkas la lakton kvazaŭ el patrina brusto. 3 Plena je miro, kiel kompreneblas, li pliproksimiĝas kaj trovas knabeton grandan kaj puran en vindaĵoj pli bonaj ol oni atendus ĉe trovito. Lia manteleto estis el purpura ŝtofo kun ora buko, kaj apude kuŝis spadeto kun ebura tenilo.

3:1 Unue li pensis nur kunporti la rekonilojn kaj ne zorgi pri la infaneto. Sed hontante montri malpli da homeco ol la kaprino, atendinte noktiĝon, ĉion li portas al sia edzino, Mirtala, same la rekonilojn kiel la infanon kaj la kaprinon mem. 2 Kiam tiu mirplena demandas lin, ĉu kaprinoj naskas etajn infanojn, li rakontas ĉion al ŝi, kiel li trovis la infanon, forlasitan en senhelpo, kiel li vidis, ke ĝi estas nutrata, kaj kiel li hontis lasi ĝin al la morto. Kiam ankaŭ ŝi konsentis, la aldonitajn donacojn ili kaŝis, nomas la infanon sia propra kaj lasas la kaprinon nutri ĝin. Sed por ke ankaŭ la nomo de la knabeto sonu paŝtistece, ili lin nomas Dafniso.

4:1 Post kiam pasis du jaroj, en apuda tereno paŝtisto nomata Driado faras similan malkovron: estis tie Groto de la Nimfoj, impona ŝtonego, interne kava kaj ekstere polurita. **2** La statuoj de la Nimfoj mem estis el ŝtono, iliaj piedoj senŝuaj, la brakoj ĝisŝultre nudaj, la haroj ĝis la nuko neligitaj, rimeno ĉirkaŭ la kokso, ridetoj ĉe la brovoj. La tuto prezentis ilin kiel dancistinojn en ronddancoj. La eniro en la Groton estis ĝuste meze de la roko. **3** Akvo, kiu defluetis de la fonto, subeniĝante formis rivereton, tiel ke antaŭ la Groto etendiĝis tre bela herbejo, ĉar tre multa softa herbo trempiĝis de la malsekaĵo. Sed ankaŭ laktositeloj tie pendis kaj transversaj flutoj, siringoj, kalamaj flutoj, vot-oferoj de maljunaj paŝtistoj.

5:1 Al tiu Nimfo-sanktejo do ripete iradis ŝafino, kiu ĵus naskis, tiel ke plurfoje oni kredis ŝin perdita. Por retrovi ŝin kaj rekonduki al la malnova kutimo, la ŝafisto kunfleksis junan branĉetaron kaj iris al la roko por tie kapti ŝin. **2** Sed kiam li envenis, nenion li vidis de kion li atendis, sed la ŝafinon, kiel tre homece ŝi prezentis siajn cicojn por riĉa ĝuado de la lakto, kaj infanon, kiu, sen plorado, tre avide jen unu, jen la alian cicon serĉis per sia buŝo, kiu estis tre pura kaj brileta, ĉar la ŝafino perlange lekis la vizaĝon de la infano, kiam ĝi satiĝis el la trinkado. **3** La infano estis knabino, kaj ankaŭ apud ŝi troviĝis volvaĵoj kaj rekoniloj: orbrodita hararzono, orumitaj ŝuoj kaj oraj maleolrubandoj.

6:1 En tiu ĉi malkovro la paŝtisto kredis percepti iun Dian deziron, kaj ĉar de la ŝafoj li jam lernis senti kompaton kaj amon por la eta orfo, li prenas la infanon surbrake, metis la rekonilojn en la tornistron, kaj preĝas al la Nimfoj, ke ilian protektatinon li kapablu eduki por bona sorto. **2** Kaj kiam estis tempo hejmen konduki la bestaron, li iras en sian kabanon, rakontas al la edzino, kio okazis, montras al ŝi, kion li trovis, ordonas ŝin teni la infaneton apud si kaj eduki ĝin kaŝe kiel sian propran infanon. **3** Napea – tio ja estis ŝia nomo – tuj estis kvazaŭ patrino por la infano kaj amis ŝin, kvazaŭ timante, ke la ŝafino igus ŝin honti, kaj por fari ĉion pli kredinda, donis al ŝi paŝtistan nomon, nome Ĥloa.

7:1 Tiuj ĉi infanoj rapide ekkreskis, kaj en ili sin montris beleco pli granda ol kutime oni trovas sur la kamparo. Dafniso jam estis dek-kvinjara, Ĥloa du jarojn pli juna, kiam Driado kaj Lamono en la sama nokto ricevis jenan sonĝon: **2** Ili kredis vidi kiel la Nimfoj el la Groto, kie ekŝprucas la Fonto kaj kie Driado trovis la knabinon, transdonis

Dafnison kaj Ĥloan al tre rapidema kaj bela knabeto, kiu havis flugilojn ĉe la ŝultroj kaj portis etajn sagojn kaj etan pafarkon; ĉi knabo tamen tuŝis ilin ambaŭ per unu sago kaj ordonis al ili, ke de nun ili vartu, Dafniso la kaprinojn, Ĥloa la ŝafojn.

8:1 Kiam tiun sonĝon ili vidis, ili fariĝis tristaj, ke la infanoj fariĝos ŝafkaj kaprin-gardistoj, ĉar la vindaĵoj promesis al ili pli bonan futuron, pro kio oni ja liveris al ili nutraĵon pli delikatan, kaj al ili oni eĉ instruis la literojn, kaj ĉio kio en la lando kalkuliĝis kiel bonaĵo. Sed ili ja kredis, ke ili devas agi laŭ la ordono de la Dioj, ĉar ili ja estis savitaj laŭ Dia antaŭzorgo. 2 Kaj post kiam reciproke siajn sonĝojn ili rakontis, kaj prezentis oferon al tiu flugilhava knabeto, kiun ili vidis en akompano de la Nimfoj – lian nomon ili ja ne sciis diri –, la infanojn ili samtempe sendis sur la agrojn kune kun la gregoj, ordoninte al ili ĉion kion ili bezonis: kiel antaŭ tegmezo la gregojn ili paŝtu, kaj denove post kiam kvietiĝis la varmego; 3 je kiu horo oni konduku ilin al la trinkloko, kaj je kiu horo al la stalo, kaj en kiuj okazoj necesas al la gardistoj uzi la bastonon, en kiuj okazoj nur la voĉon. La infanoj ĝojplene transprenis siajn gregojn kvazaŭ grandan oficon, kaj pli amis siajn kaprinojn kaj ŝafojn ol ĉe paŝtistoj estas kutime, ŝi, ĉar al la ŝafoj ŝi dankis sian saviĝon, li, ĉar li ne forgesis, kiel kaprino lin kiel infaneton estis nutrinta.

9:1 Printempo jam fariĝis, kaj floris ĉiuj floroj, en la arbaroj, sur la paŝtejoj kaj sur ĉiuj montoj. Jen eksonas jam la zumado de la abeloj kaj la pepado de la kantbirdoj, kaj la plej etaj el la gregoj ĉirkaŭsaltetas; la ŝafidoj ludetas sur la montetoj, sur la ebenaĵoj zumadas la abeloj, en la arbusto kantetas la birdoj. 2 Dum regis tia gajeco en la tuta naturo, ankaŭ ili ĉion imitis, kion ili vidis kaj aŭdis, ĉar ili ja estis junaj kaj plenaj je freŝa forto. Aŭdante do la birdojn kanti, ankaŭ ili kantis, vidante la ŝafidetojn ĉirkaŭsaltetadi, leĝerpiede ankaŭ ili ĉirkaŭsaltis, sed la abelojn ili imitis per kunigado de floroj, dum kelkajn el tiuj ili enpikis al si reciproke sur la brusto, el aliaj girlandojn ili plektis kaj tiujn ili donacis al la Nimfoj.

10:1 Daŭre restante apude, ĉion ili do faris kune. Dafniso ofte kunpelis la disiĝantajn ŝafojn, dum Ĥloa forpelis la plej kuraĝajn kaprinojn de la krutaĵoj. Kaj ofte al unu el ili konfidiĝis la atento pri ambaŭ gregoj, dum la alia okupiĝis pri iu specifa lertaĵo aŭ ludo. Iliaj ludoj estis la ludoj de infanoj aŭ ŝafistoj. 2 La knabino ekplukis asfodelbranĉetojn ĉe marĉo aŭ simile, kaj el tio plektis ian kaĝon por akridoj, kaj ĉe tio tiom

TRADUKITA PROZO

okupiĝis, ke pri la gregoj ŝi tute ne atentis. Dafniso siaflanke trançis maldikajn kan-tigojn, trapikis ties konekt-nodojn, kungluis tiujn per mola vakso kaj ĝis vesperiĝo amuziĝis per ludado sur la kanfluto. 3 Lakton kaj vinon ili havis komune, same kiel kion ajn de hejme al la kamparo ili kunportis. Kaj pli facile estus imageble, ke disvagus la bestoj de iliaj gregoj ol ke disiĝus Ĥloa kaj Dafniso.

11:1 Sed dum tiel sian tempon ili forludis en dolĉa plezuro, Eroso tre serioze pli forte igis bruli tiun fajron. Lupino, kiu tiuregione nutris siajn idetojn, en la ĉirkaŭaj vilaĝoj rabis el aliaj gregoj plurajn ŝafojn, ĉar por bone nutri siajn idetojn ŝi bezonis multe da nutraĵo. 2 La vilaĝanoj do unuiĝis, kaj nokte ili fosis kavaĵojn je unu klafto larĝajn, je kvar klaftoj profundajn, dum la elĵetitan grundon ili plejparte dise forportis, metante longajn, sekajn branĉojn super la aperturojn, kaj sur ĉion ĉi ili disĵetis la restantan teron, tiel same do kiel antaŭe aspektis la grundo, tiel ke eĉ leporo ne povos kuri trans ĝin, aŭ la lignaj branĉoj rompiĝos, ĉar ili tro malfortas; tiel oni konstatus, ke ne estas grundo, sed imitaĵo. 3 Kvankam jam tiom da fosaĵoj ili faris, same en la montaro kiel sur la kamparo, tamen al ili ne prosperis kapti la lupinon, ĉar la trompaĵon pri la grundo ŝi konstatis, sed ili ja estis afliktitaj de la morto de tiom da kaproj kaj ŝafoj, kaj eĉ preskaŭ de Dafniso, nome jenamaniere.

12:1 Ekbatalis du incititaj virkaproj. Al unu el ili ĉe la violenta kun-frapiĝo rompiĝis unu korno, kaj pro la doloro li kun sovaĝaj saltetoj forfuĝis. La venkinto, tre trude persekutante lin, ne volis lin lasi spiri libere. Dafniso ĉagreniĝis pri la rompita korno kaj pri la mallerteco de la kapro. Li kaptis sian paŝtistan bastonon kaj postĉasis la persekutanton. 2 Sed kiel ofte okazas, kiam oni haste forkuras por iun postkuri, ne estis klare atentite, kio estas antaŭ ili, sed ili ambaŭ falis en fosaĵon, unue la kapro kaj Dafniso tuj poste. Kaj vere ĝuste tio savis la kompatindan Dafnison, ke li trafiĝis oblikve sur la postaĵon de la boko. 3 Do tie plorante li atendis, ĉu iu venos por savi lin el la fosaĵo. Sed Ĥloa vidis la akcidenton, tuj kuris al la loko kie ĝi okazis, komprenis, ke Dafniso ankoraŭ vivas kaj krias pri helpo al la ŝafisto en la apuda herbejo. 4 Kiam tiu alvenis, li serĉis longan ŝnuron por per ĝi eltiri Dafnison, sed tio ne estis trovebla, kaj en urĝa rapidemo Ĥloa demetis sian brust-tegaĵon, donis ĝin al la alia, kaj per ĝi ili kune, laŭ la ŝnuro de Ĥloa, tiris Dafnison supren. 5 Ankaŭ la kompatindan bokon ili tiris supren: ambaŭ ties kornoj nun estis rompitaj. Tiel severe li devis pagi pri la boko, kiun li venkis. Kiel savdonacon, por oferi lin, ili donis lin al la paŝtisto, kaj hejme ili volis blagi, ke venis lupoj, se iu pri li informiĝus. Mem siajn gregojn ili inspektis, tiujn de la ŝafoj kaj de la bokoj. Konstatinte, ke ambaŭ bonorde paŝtiĝas, ili eksidis sur kverk-stumpo kaj atente kontrolis, ĉu Dafniso ĉe sia falo ne kontuziĝis ĉe iu parto de la korpo. 6 Vundojn li ne havis, sed li ja estis plena je argilo kaj koto, liaj haroj same kiel lia korpo. Do antaŭ ol Lamono kaj Mirtala eksciis pri la akcidento, ili decidis, ke li bone baniĝu en la groto de la Nimfoj.

13:1 Kiam tien kun Ĥloa li venis, li donis al ŝi siajn tunikon kaj sa-kon por gardi, kaj starante en la fonto li sin lavis tute je la haroj kaj la korpo. 2 Li havis densan kaj nigran hararon, kaj lia korpo estis bruna pro la suno, tiel ke ŝajne la unua transprenis la koloron el la ombro de la alia; al la okuloj de Ĥloa li ŝajnis esti bela kaj ĉarma, kaj kiam ŝi miris, ke antaŭe tion ŝi ne opiniis, ŝi kredis, ke la lavado tion kaŭzis. Kiam liajn dorson kaj ŝultrojn ŝi lavis, la karno cedis tiel leĝere kaj plaĉe al ŝia mano, ke re kaj refoje sin mem ŝi ektuŝis por vidi ĉu la propraj sentiĝas same delikataj. 3 Ĉar sunsubiro nun alvenis, siajn gregojn ili pelis hejmen, kaj tiunokte nur unu afero estis en la kapo de Ĥloa, kaj tio estis la deziro refoje vidi, kiel Dafniso baniĝas. 4 Kiam sekvamatene ili ekiris por paŝti, Dafniso sidiĝis sub la kverko laŭ-kutime, muzikante kaj rigardante la bestojn, kiuj kvazaŭ atentaj pri la muziko tie kuŝis, kaj Ĥloa sidis apude, kvankam ankaŭ ŝi atentis pri la bestoj, sed ŝi pli atentis pri Dafniso. Dum li fajfis, ree li aspektis al ŝi same bela kaj spektinda, kaj ree ŝi miris, nun kredante, ke lian belon kaŭzis la muziko; kaj do kiam li finis, lian muzikilon ŝi prenis kaj fajfis, por vidi ĉu eble nun ankaŭ ŝi farigos bela. 5 Tiam ŝi lin petis ree veni al la bano, kaj kiam lin ŝi persvadis, ĉe tio ŝi lin rigardis; rigardante ŝi lin tuŝis; kaj antaŭ ol iri hejmen, lian belon ŝi laŭdis, kaj tiu laŭdo estis la komenco de ilia amo. Kio estas ŝia pasio, ŝi ne komprenis, ĉar tro naiva knabino ŝi estis, edukita inter farmistoj, kaj koncerne amon eĉ ties nomon ŝi ankoraŭ neniam aŭdis. Sed ŝia koro interne estis trafita, ŝiaj okuloj, ĉu ŝi volis aŭ ne, vagis tien kaj reen, kaj daŭre ŝi parolis pri Dafniso. 6 Nek ripozi ŝi volis nek manĝi; la gregon ŝi malzorgis; jen ŝi volis ridi, jen plori, jen ŝi volis dormi kaj jen leviĝi; kaj se ŝiaj vangoj estis palaj, preskaŭ tuj ili ree estis brule ruĝaj. Eĉ ne juna bovino pikita de tabano kondutus tiel. Kiam foje sola ŝi estis, jen ŝi lamentis:

14:1 "Nun mi malsanas, sed ho kiumalsane? Mi ne scias, nur ke doloron mi sentas, sed neniun vundon mi vidas. Mi ĉagreniĝas, sed neniu el miaj bestoj mortis. Mi brulas, sed jen mi sidas en grandega ombro. 2 Kiom da rubusoj min pikis, sed mi ne ploris. Kiom da abeloj min trafis per la pikilo, sed mi neniam rifuzis manĝi. Sed tio ĉi min trafas en mia koro profunde pli ol kio ajn. Dafniso belas, sed same la floroj; la sono de lia fluto plaĉas, sed same la voĉo de la najtingaloj; sed tamen pri la floroj kaj la najtingaloj mi ne interesiĝas. 3 La Dio volu, ke mi estu lia fluto, ke lia buŝo min enspiru, aŭ ke kaprino mi estu, ke li min paŝtu! Ho kruela akvo, vi faris Dafnison bela, sed kiom ajn mi min lavas, mi restas la sama. Ho ve! Dolĉaj Nimfoj! Mi pereas, kaj eĉ manon vi ne levas por savi vian ŝirmatinon. 4 Kiu donos al vi florkronojn, kiam mi estos mortinta? Kiu nutros la povrajn ŝafidojn? Kiu vartos la kanteman akridon, kiun tiel pene mi kaptis? Mi metis lin antaŭ la groton, ke min li lulu dormi per sia bela kanto, sed nun mi estas maldorma pro Dafniso, kaj mia akrido ĉirpas vane."

15:1 Tion ŝi travivis, kaj tiel ŝi parolis, serĉante la nomon de Eroso. Sed la bovisto Dorko, kiu tiris Dafnison kaj la virkapron el la kavaĵo, junulo kiu ĵus ekhavis barbon kaj spertis ne nur pri la nomo sed ankaŭ pri la agoj de Eroso, tuj tiutage enamiĝis je Ĥloa, kaj ĉiutage li pli ekbrulis pri ŝi, ĝis fine, malŝatante Dafnison kiel nuran infanon, li decidis ĉu per donacoj ĉu perforte atingi sian celon. 2 Por komenci, por ili donacojn li aĉetis, paŝtistan fluton por Dafniso, kiu konsistis el naŭ kantuboj kunigitaj per bronzo anstataŭ per vakso, por Ĥloa menadan cervidofelon, kies hararo estis multkolora, kvazaŭ pentrita. 3 Baldaŭ ili kredis lin sia amiko, kaj li iom post iom malpli atentante pri Dafniso, ĉiutage prezentis al Ĥloa ĉu belan fromaĝeton aŭ ornamaĵon el floroj aŭ unu-du fruajn pomojn. Iun tagon li donis al ŝi junan bovidon, etan trinkovazon kun ora dekoracio, aŭ nidon da montaro-birdetoj. La simpla knabino, kiu nenion sciis pri amobsedaj ruzaĵoj kaj kapricoj, tiujn donaĵojn akceptis senprobleme, ĉar nun ŝi havis ion por doni al Dafniso. 4 Kaj tiam, ĉar ankaŭ Dafniso devis ekkoni la am-aferojn, iutage inter li kaj Dorko estiĝis iu kvereleto pri belo, kaj Ĥloa devis esti la juĝonto – kaj la premio estos kisi Ĥloan. Dorko tiel komencis paroli:

16:1 "Mi, kara knabino, estas pli granda ol Dafniso, kaj bovisto. Li estas nur kapristo, kaj tial, ĉar kapro malpli gravas ol bovoj, ankaŭ li kiel viro malpli valoras. Mi estas blanka kiel lakto, kaj mia hararo estas flavruĝa kiel la kamparo antaŭ la rikolto, kaj kio pli gravas: patrinon mi havis por trinkigi min, ne kaprinon. 2 Sed tiu ulo estas nur etstatura; ne pli da barbo li havas ol virino, kaj li nigras kiel lupo. Krome virkaprojn li gardas, kiel ĉiu povas konstati laŭ lia odoraĉo. Kaj li estas tiel malriĉa, ke eĉ hundon li ne povas vivteni. Kaj se veras, kiel oni diras, ke li estis nutrita de kaprino, li ne multe pli valoras ol iu ajn besteto kampara." 3 Tion kaj similajŋojn diris Dorko, kaj poste Dafniso jene ekparolis: "Min kaprino nutris, same kiel okazis al Zeŭso; kaj se kaprinojn mi paŝtas, ili ja estas preferindaj al ĉi ties bovinoj; kaj mi tute ne stinkas je ili, samkiel ankaŭ Pajno ne, kvankam tiu grandparte mem estas boko. 4 Sufiĉe da fromaĝo kaj rostita pano mi havas, kaj blankan vinon mi uzas same kiel la riĉaj terposedantoj. Senbarba mi estas same kiel Dionizo; nigra mi estas, sed ja same la hiacinto. Tamen Dionizo pli gravas ol Satirusoj kaj la hiacinto superas la liliojn. 5 Sed tiu viro, rigardu: li ruĝas kiel vulpo, barbhavas kiel boko kaj blankas kiel urbanino. Kaj se vi volas kisi, ĉe mi la lipojn vi kisos, ĉe li la harojn sur la mentono. Kaj fine, kara knabino, mi petas memori, ke ankaŭ vin nutris ŝafino, kaj tamen – ho kiel bela vi estas!"

17:1 Ĥloa ne plu longe hezitis, ĉar unuflanke ŝi ĝojis, ke ŝi estas laŭdata, aliflanke delonge ŝi jam deziris kisi lin, do ŝi saltleviĝis kaj kisis lin, ankoraŭ sensperta kaj iom hezita, sed tamen jam bone kapabla flamigi lian koron. 2 Dorko, malĝoje, foriris por serĉi alian eblon sin kontentigi. Sed Dafniso, pli kiel iu kiu estis mordita ol kisita, subite estis deprimita. Ofte li fariĝis malvarma, kaj tuŝis sian batantan koron. Rigardi li volis al Ĥloa, sed kiam al ŝi li rigardis, al li inundis ruĝo la vizaĝon. 3 Tiutage por la unua fojo li vidis, kiel ore ruĝa estas ŝia hararo, kaj ŝiaj okuloj grandaj kiel de bovino, kaj li pensis, ke ŝia vizaĝo vere estas blanka kiel la lakto de liaj kaproj. Estis vere, kvazaŭ ĝis nun okulojn li ne estus havinta. 4 Kaj el sia manĝaĵo nenion li volis, krom nur la guston en la buŝo, kaj ankaŭ de sia trinkaĵo, se trinki necesis, li nur prenis por iom malsekigi la buŝon. Li kiu antaŭe tiom babilis kvazaŭ lokusto, nun la buŝon ne malfermis, li kiu antaŭe estis tiel moviĝema kiel kapro, nun daŭre sidis senmove. Lia bestaro estis neglektita, lia pipo flugis flanken, liaj vangoj fariĝis pli palaj ol la herbo en somero. Nur por Ĥloa sian langon li retrovis. Kaj se foje ŝi lasis lin sola, interne li jene parolis al si:

18:1 "Kien, je la nomo de la Nimfoj, kien tiu kiso de Ĥloa min pelos? ŝiaj lipoj estas pli molaj ol mielĉelaroj, sed ŝia kiso pikas pli akre ol abelo. Ofte mi kisis junan ŝafidon, novnaskitan hundeton aŭ la bovideton, kiun donacis Dorko, sed ĉi tiu kiso estas io nova. Mia koro saltas al miaj lipoj, mia spirito fajreras, mia animo fandiĝas, kaj tamen mi freneze soifas ree ŝin kisi. 2 Ho kia terura venko estas tio! Kia malsano estas, kies nomon mi ne scias! Ĉu Ĥloa, antaŭ ol kisi min, havigis al si venenan miksaĵon? Kiel eblas, ke ŝi ne mortas? Kiel mirinde kantas la najtingaloj, dum mia fluto restas muta! Kiel gaje saltetas la kapridoj, kaj mi ĉi tie nur kuŝas surtere! Kiel bele kreskas la floroj, kaj mi neglektas fari girlandojn! Tiel ja estas, la violoj kaj la hiacintoj ploras, sed ho ve! Dafniso konsumiĝas. Ĉu fine Dorko ŝajnos pli bela ol mi?"

19:1 Tion suferis la bona Dafniso, kiu nun unuafoje spertis la agojn kaj esprimojn de Eroso. Sed Dorko, la paŝtisto, kiu amis Ĥloan, atendante ĝis Driado apude plantis novan vitobranĉon, aliris al li kun belaj fromaĝoj kaj tiujn prezentis al li, kvazaŭ delonge bona amiko, kiu apude gardas sian brutaron. 2 Do komencante ĉe tio, li ekĵetis vortojn pri kuniĝo al Ĥloa, kaj, se eble li ŝin ricevos kiel edzinon, multajn kaj belajn donacojn li promesis konforme al sia pozicio de brutaristo: bovojugon por la plugilo, kvar abelujojn, kvindek elektitajn novajn pomarbojn, bonan taŭrofelon por fari el ĝi ŝuojn, ĉiujare novan demamigitan bovidon. 3 Mankis nur malmulte, ke Driado promesu Ĥloan al li por nupto. Sed kiam li rekonsciiĝis kaj ekpensis, ke la knabino meritas pli bonan edzon, kaj same ke li havas kialon por timi, ke foje, se oni konstatos, ke li donacis ŝin al sentaŭgulo, lin povos ektrafi io terura, do li senkulpigis sin, nuligis la nupton, redonis la donacojn.

20:1 Sed Dorko denove seniluziiĝis, kaj refoje perdinte siajn belajn fromaĝojn, li decidis ataki Ĥloan, tuj kiam ŝin trafi li povos. Kaj ĉar li rimarkis, ke alterne la gregojn ili kondukas al la trinkloko, unu tagon Dafniso, sekvatage la knabino, li elpensis ruzaĵon, kiu por paŝtisto estas iom natura. 2 La felon li prenis de granda lupo, foje mortigita per la kornoj de taŭro en batalo por defendi la gregon, tiris tion al si sur la korpon, tiel ke laŭ la dorso ĝi falu al li ĝis la piedoj, ĉe kio la antaŭkruroj falu al li sur la brakojn kaj la postkruroj laŭ la piedoj, dum la gapanta faŭko kovru lian kapon kvazaŭ helmo la kapon de forte ŝirmita soldato. 3 Ŝanĝinte sin kiom eble en sovaĝbeston[1], li ekiris al la fonto, kie postmanĝade trinkis la bestoj. Tiu fonto kuŝis en kavaĵo, kaj tute ĉirkaŭe ĝio estis kruda je junipero, dornoj, filiko, kardoj, 4 tiel ke vera lupo tie povus kuŝi kaŝita. Tial, kiam tie li sin kaŝis, li atendis ĝis la bestaro estos tien pelita por trinki, kaj en tia aspekto li plene fidis kapabli timigi la kompatindan Ĥloan kaj kapti ŝin.

---

1 Luphomo.

21:1 Mallonge poste Ĥloa pelis la gregon suben al la fonto; Dafnison ŝi postlasis, kiu verdajn folietojn deŝiris por ankaŭ post la paŝtado havi nutraĵon por siaj kaprinetoj. 2 Sed la hundoj, kiuj sekvis por gardi la ŝafojn kaj kaprinojn, kiel kutimas ĉe hundoj, estis naze snufantaj, kaj malkovris Dorkon, kiam tiu faris movon por ataki la knabinon. Laŭtege bojante ili lin atakis kvazaŭ lupo li estus, ĉirkaŭis lin, antaŭ ol plentimigite li nur povis leviĝi, kaj mordis al li la lupofelon. 3 Dume, timante esti rekonata kaj ŝirmate de la kovranta bestofelo, sen iu sono li sin tenis kaŝita, sed post kiam Ĥloa, komence konfuzita de kion ŝi vidis, Dafnison estis alvokinta pri helpo, kaj la hundaro, disŝirinta la lupofelon, ekprenis lian propran korpon, sub laŭta kriado li petegis la knabinon helpi al li, kaj ankaŭ Dafnison, kiu jam estis surloke. 4 La hundojn ili revokis al si kaj rapide kvietigis, kaj Dorkon, kun mordoj je femuroj kaj ŝultroj, ili kondukis al la fonto, lavis lin, kie videblis la dentoj enpremitaj, kaj etendis sur ĝi verdan ulmoŝelon, kiun anticipe ili maĉadis. 5 Kaj ĉar la trokuraĝon de la amo ili ankoraŭ ne konis, la surmetadon de la lupofelo ili prenis por paŝtista ŝerco, kaj tute ne koleris pri tio, sed kuraĝiginte Dorkon ili rekondukis lin, ĉe kio dumvoje ili lin tenis je la mano.

22:1 Dorko, kiu eskapis el granda danĝero, savita el faŭko ne de la lupo (kiel oni diras), sed de la hundo, ekprizorgis sian korpon, dum Dafniso kaj Ĥloa ĝis la noktiĝo tre penadis por kunigi siajn kaprinojn kaj ŝafojn, 2 ĉar timigite de la lupofelo kaj konfuzite de la bojado de la hundoj, kelkaj el ili grimpis sur rokojn, aliaj descendis ĝis la maro. Ili ja lernis obei al la voĉo, al la sorĉo de la paŝtista fluto, kaj kuniĝi je la momento de la manfrapado, sed tiumomente pro timo ĉion ĉi ili forgesis. 3 Kaj kun granda peno la infanoj postĉasis ilin kvazaŭ leporojn laŭ la spuroj, kaj kondukis ilin al la kampuldomo. Nur tiun nokton ambaŭ ĝuis profundan dormon, ĉar la laceco estis sanigilo por la amĉagreno. 4 Sed kiam ree tagiĝis, estis al ili same kiel antaŭe: ili ĝojis revidi sin reciproke, sed ĉagreniĝis forlasi unu la alian, ne sciante, kion ili deziras. Nur pri tio ili estis certaj, li, ke li pro tiu kiso, ŝi, ke ŝi pro la bano, trafis en perdiĝon.

23:1 Ankaŭ la sezono de la jaro varmiĝis kaj ilin bruligis, ĉar nun finiĝis la malpli varma printempo, kaj alvenis la somero, kaj ĉio atingis sian kulminon, la arboj kun siaj fruktoj, la kamparoj kun sia greno. Dolĉe sonis la ĉirpado de la griloj, dolĉa estis la odoro de la maturiĝantaj fruktoj, plaĉa la blekado de la ŝafoj. 2 Oni dirus, ke ankaŭ la riveroj kantis ĉe sia lanta plufluado, kaj ke la ventoj ludadis pajnofluton, kiam ili blovis tra la pinarboj, kaj ke la pomoj enamiĝinte falis teren, kaj ke la suno, pro deziro je ĉio bela, ĉiujn aĵojn devigis al nudeco. Dafniso, kiu tro varmiĝis pro ĉio ĉi, enakviĝis en la riveroj, kaj tiam jen li sin lavis, jen li postĉasis fiŝojn, li volviĝis en la fluo, kaj jen li trinkis el la akvo, atendante, ke per tio la internan brulon li estingos. 3 Kiam Ĥloa melkis la ŝafojn kaj la pliparton de la kaprinoj, kaj multe kaj longtempe penadis pri kazeigo de la lakto kaj produktado de fromaĝo, kaj la muŝoj estis tre lertaj ĝeni kaj mordeti ŝin se Ĥloa ilin forpelis, ŝi volis bani sin kaj kroni sian kapon per pinbranĉoj, kaj ŝi ĉirkaŭis sin per sia cervida felo, ŝi plenigis la laktokruĉon per vino kaj lakto kaj kune kun Dafniso ŝi eltrinkis ĝin.

24:1 Sed kiam alvenis tagmezo, iliaj okuloj samtempe estis kaptitaj kaj sorĉitaj: ĉar kiam Dafnison nuda ŝi vidis, ŝi estis plene ravita de lia belo kaj moligita, ĉar en li nenion ŝi povis trovi, pri kio eblus kritiki. Kaj Dafniso, se en ŝia cervid-antaŭtuko aŭ kun ŝia abia krono li vidis ŝin prezenti al li la kruĉon, kredis percepti unu el la Nimfoj de la groto. 2 Tiam al ŝi li deprenis la abiajn branĉojn de la kapo kaj per tiuj sin mem kronis, antaŭe kisinte la kronon, kaj dum tute nuda li sin banis, Ĥloa surmetis al si liajn vestaĵojn, post kiam ankaŭ ŝi unue tiujn estis kisinta. 3 Kelkfoje ili metis pomojn unu al la alia, kaj aranĝis reciproke siajn harojn, ordigante hartufojn. Ĥloa komparis liajn harojn, ĉar ili estis nigraj, je mirtaj beroj, kaj Dafniso komparis ŝian vizaĝon je pomo, ĉar ĝi estis blanka kaj ruĝa. 4 Li ankaŭ instruis ŝin ludi la kano-fluton. Kaj kiam ŝi komencis blovi ĝin, li rabis la fluton de ŝiaj lipoj kaj mem laŭiris ĉiujn kantubojn, laŭdire por montri al ŝi ŝiajn erarojn, sed efektive por pere de la fluto kisi Ĥloan.

25:1 Dum tagmeze li ludis la fluton, kaj la brutaro en la ombro ripoze kuŝis, Ĥloa nerimarkite ekdormis. Tuj kiam tion rimarkis Dafniso, li demetis la fluton kaj nesatigeble rigardis ŝin de kapo ĝis piedoj, ĉe kio li nun ne hontis, kaj samtempe mallaŭte li diris antaŭ si: 2 "Kiaj okuloj, kiuj tie dormas, kia spirado de la buŝo! Eĉ ne la pomoj aŭ la kreskaĵaro bonodoras kiel ŝi! Sed mi ne kuraĝas kisi ŝin: ŝia kiso mordas min en la koro, kaj same kiel la juna mielo ĝi ebriigas. Mi ankaŭ timas, ke per kiso mi vekus ŝin. 3 Ho kiom bruas la griloj! Ili ne lasas ŝin dormi kun sia bruado. Sed ankaŭ la bokoj, kiuj tie interbatalas, bruadas per siaj kornoj. Ho lupoj, kial vi vin montras malpli kuraĝaj ol la vulpoj, ke tiujn vi ne forŝiris?"

26:1 Dum tiel li parolis, falis cikado, fuĝante antaŭ hirundo, kiu ĝin volis kapti, en la vestaĵon de Ĥloa. Kaj la hirundo, kiu ĝin persekutis, ne povis ĝin kapti, sed persekutante ĝin tiel apudiĝis, ke per la flugiloj la vizaĝon ĝi ektuŝis de la knabino. 2 Kaj ĉar ŝi ne sciis, kio okazis, ŝi vekiĝis kun laŭta ekkrio. Sed kiam ŝi rimarkis la hirundon, kiu ankoraŭ flugis tute apude, kaj poste Dafnison, kiu ridis pri ŝia ektimeto, sian timon ŝi forpuŝis, kaj viŝis al si la okulojn, kiujn ŝi volis fermi denove. 3 Sed tiam eksonis la cikado el ŝiaj vestaĵoj, kvazaŭ almozpetanto, kiu dankas pro sia saviĝo. Denove Ĥloa laŭte ekkriis, sed Dafniso ekridis. Kaj uzante la okazon li faligis siajn manojn en ŝiajn vestaĵojn kaj eltiris la bravan cikadon, kiu eĉ en lia mano ne tenis sin trankvile. Ĥloa ĝojis vidante ĝin, transprenis ĝin, kisis ĝin kaj, dum ĝi plu kantis, remetis ĝin en sian vestaĵon.

27:1 Foje ili ĝuis aŭskulti palumbon, kiu enarbare sin aŭdigis. Kaj kiam Ĥloa volis scii, kio estas la enhavo de ties kanto, Dafniso rakontis al ŝi la fabelon, kiu rondiras pri tio: 2 "Estis foje, kara knabino", li diris, "knabino same bela kiel vi, kaj same kiel vi viajn ŝafojn, ŝi paŝtis siajn bovinojn meze de arbaĵo. Ankaŭ ŝi amis kanti, kaj ŝiaj bovinoj estis sorĉitaj de ŝia kantado, kaj ŝi ilin paŝtis ne uzante frapojn per la paŝtista bastono aŭ pikante per ties pinto, sed sidante sub pinarbo kaj kronita per ties folioj ŝi kantis pri Pajno kaj pri Pitisa, kaj ŝiaj bovinoj restis apude, por aŭskulti ŝin. 3 Ne tre diste de tie iu knabo paŝtis siajn bovinojn, bela kaj kant-ama kiel la knabino, kaj li volis superi ŝin en tio. Kiel viro li havis voĉon pli fortan ol ŝi, sed ĝi sonis dolĉe pro lia juneco, kaj ok el la plej bonaj bovinoj li sciis forlogi al sia propra grego kaj forkonduki kun si. 4 La knabino estis superŝutita de ĉagreno pro la perdo, kiun suferis ŝia brutaro, kaj ĉar en kantado ŝi estis venkita. ŝi petegis la Diojn, ke antaŭ ol hejmen ŝi venos, ŝi ŝanĝiĝu en birdon. La Dioj faras, kion ŝi petas, kaj faras el ŝi tiun birdon, kiu vivas en la sama montaro kiel la junulino kaj same bele kantas. Kaj ankoraŭ nun kantante ŝi rakontas pri sia malfeliĉo, ke siajn bovinojn ŝi serĉas, kiuj disperdiĝis."

28:1 Tiajn plezurojn havigis al ili la somero, sed kiam estis profunde en aŭtuno kaj la vinbergrapoloj maturiĝis, venis marrabistoj el Tiro en ŝipoj el Kario, por ne esti rimarkataj kiel ne-Grekoj, kaj ili alproksimiĝis tiun regionon. Ili surteriĝis kaj armitaj kun glavoj kaj brustkiraso ĉion ili prirabis, kion eblis kapti: bonodoran vinon, amason da greno, krome mielon, ankoraŭ en la ĉelaro. Eĉ kelkajn bovinojn ili rabis el la brutaro de Dorko. 2 Ankaŭ Dafnison ili kaptas, kiu troviĝis sur la maro. Ĥloa, estante knabino, venis nur poste dum la tago kun la ŝafoj de Driado pro timo pri la impertinentaĵoj de la ŝafistoj. Vidante la belan, grandan knabon, kiu valoris pli ol ĉiuj rabaĵoj de la agroj, ili entute ne plu zorgis pri la kaprinoj kaj la agroj, sed albordigis lin sur sian ŝipon, malgraŭ ĉiu lia plorado, veado kaj kriado pri Ĥloa. 3 Kaj tuj post kiam la ligokablojn ili malligis kaj eklaboris sur la remiloj, ili fornavigis al la plena maro, dum Ĥloa subenpelis sian brutaron kun enmane nova kano-fluto, por donaci al Dafniso. Trafante la kaprinojn konfuzitaj kaj aŭdante Dafnison, kiu kriis pri ŝi ĉiam pli laŭte, ŝi forlasas siajn ŝafinojn kaj terenĵetas la kanofluton, kaj rapidege ŝi alkuras Dorkon, por peti lian helpon.

29:1 Sed tiu kuŝis surtere, falĉite de la akraj batoj de la rabistoj, preskaŭ senspira pro troa sangoperdo. Sed kiam Ĥloan li vidis, iom da fajro li ekhavis el sia malnova amo, kaj li diris: "Mi, Ĥloa, baldaŭ finiĝos, ĉar tiuj ĉi senindulgaj rabistoj, dum mi batalis por la saviĝo de mia brutaro, min buĉis kvazaŭ taŭron. 2 Sed se ankoraŭ ion por mi vi volas fari, do savu Dafnison kaj venĝu min, pereigante tiujn fiulojn. Al mia brutaro mi instruis sekvi la sonon de mia kano-fluto kaj kuniri kien ajn kondukos ties kanto, eĉ se ili estus surherbeje longe for de mi. Iru do kun tiu fluto, kaj blovu laŭ la melodio, kiun iam mi instruis al Dafniso kaj li siavice al vi. Pri la cetero zorgos tiu fluto kaj miaj bovinoj tie fore. 3 Krom tio ĉi tiun fluton mem mi donacas al vi, per kiu en vetkampoj mi venkis tiom da bovo- kaj kaprogardistoj. Kiel rekompencon pri tio mi petas vin kisi min, dum mi ankoraŭ vivas, kaj pliplori min, kiam mi estos mortinta. Kaj kiam iun alian vi vidos gardi miajn bovinojn, pensu tiam ankoraŭ pri mi!'

30:1 Kiam tiel parolis Dorko kaj sian lastan kison donis, kune kun tiuj vortoj kaj tiu kiso li samtempe elspiris sian vivon. Sed Ĥloa ekprenis la fluton, metis ĝin ĉe la lipoj kaj ekludis tiel laŭte kiel eblis. Kaj la bovinoj tion aŭdas kaj rekonas la melodion, kaj muĝante unusalte ili eksaltas en la maron. 2 Kaj ĉar la forto de tiu salto premis je unu flanko de la ŝipo, kaj ĉar pro la falo de la bovoj en la maron tiu lasta kaviĝis, la ŝipo renversiĝas kaj subiĝas en la ondojn, kiuj sin fermas super ĝi, dum la homoj enakviĝas, sed kun malegalaj ebloj je saviĝo. 3 La rabistoj ja portis ĉeflanke siajn glavojn, havis skvamajn brustkirasojn, kaj ĝis meze de kruroj ili estis alligintaj krurkirasojn. Dafniso male estis senŝua, estante bovogardisto de la ebenaĵo, duonnuda, ĉar ja estis ankoraŭ varma sezono. 4 La rabistoj, nur mallonge naĝinte, estis suben tiritaj de siaj kirasoj, sed Dafniso, kiu senpene demetis siajn vestaĵojn, naĝis kiom li povis, ĉar ĝis nun nur en riveroj li naĝis, 5 kaj poste, lernante el la neceso, kion li faru, li sciis atingi la mezon de la bovidoj, ekkaptis de du bestoj per ambaŭ manoj unu kornon, kaj sen problemo aŭ penado sin lasis kuntiri de ili, kvazaŭ kondukante iun ĉaron. 6 La bovo naĝas kiel la homo eĉ ne povas. Nur akvobirdoj superas ĝin kaj fiŝoj. Kaj dumnaĝade la bovo neniam pereus, se la korna haŭto de la piedoj ne defalus, ĉar la fluido tiam ilin trapenetrus. Ĉi aserton subtenas la fakto, ke en pasinteco pluraj partoj de la maro eknomiĝis "bovotrairejo" aŭ "bosporo"[2].

31:1 Tiel neatendite Dafniso saviĝis el duobla danĝero, de rabistoj kaj de ŝippereo; kiam el la akvo li leviĝis, kaj ĉe la bordo trafis Ĥloan enlarme ridanta, li falis al ŝi ĉirkaŭ la kolon kaj demandis ŝin, kial la fluton ŝi blovis. 2 Ĉion ŝi rakontis al li: kiel rapide ŝi kuris al Dorko, kiel la bovojn li trejnis, kiel la fluton ŝi devis blovi, kaj ke mortis Dorko; sed ke lin ŝi kisis, ŝi prisilentis, ĉar ŝi hontis. Nun ili decidis doni la lastan honoron al sia bonfarinto, kaj kune kun liaj parencoj la povran Dorkon ili entombigis. 3 Do multan teron ili metis sur lian tombon, kiun ili priplantis per amaso da kulturitaj kreskaĵoj, kaj je lia honoro pendigis tie unuaaĵojn de sia laboro. Precipe lakton ili verŝis, elpremis uvojn kaj frakasis multajn kanoflutojn. 4 Oni ankaŭ aŭdis bovinojn plendeme muĝi, kaj kelkajn oni vidis konfuzite ĉirkaŭiradi dum tiu muĝado. Kaj tio estis, kiel supozis la ŝafo- kaj bokogardistoj, la mortoplendo pro ilia perdita gardisto.

32:1 Post la entombigo de Dorko, Ĥloa kondukis Dafnison al la groto de la Nimfoj kaj tie lin lavis. Kaj unuafoje antaŭ la okuloj de Dafniso ŝi lavis sian propran korpon, kiu estis blanka kaj pura pro beleco kaj tial ne vere bezonis banon. 2 Amasiginte florojn tiusezone florantajn, ili ornamis la statuojn de la Nimfoj kaj kiel vot-oferon ili pendigis antaŭ la roko la kanan fluton de Dorko. Poste ili ekzorgis pri siaj kaproj kaj ŝafoj. 3 Ĉiuj tie kuŝadis, ne paŝtiĝante aŭ blekante, miasupoze, ĉar ili sopiris je Dafniso kaj Ĥloa, kiuj estis malaperintaj. Post kiam ili ree estis videblaj kaj laŭkutime komencis voki ilin kaj ludi la fluton, la ŝafoj ekstaris kaj komencis paŝtiĝi, kaj la kaproj gaje ĉirkaŭsaltetis, kvazaŭ estante feliĉaj pro la saviĝo de la paŝtisto, al kiu ili kutimis.

---

2   Bosporos en Greklando, Oxford en Britujo, Koevorden en Nederlando samsignifas.

4 Tamen Dafniso ne sciis gajigi sian animon, post kiam Ĥloan nuda li vidis kaj ŝia ĝis tiam nekonata beleco al li malkaŝiĝis. La koro al li doloris, kvazaŭ veneno ĝin ronĝus; jen lia spiro estis tiel forta, kvazaŭ lin iu postkurus, jen ĝi blokiĝis kvazaŭ timplene li estus elĉerpita. La bano ŝajnis al li pli danĝera ol la maro, kaj ŝajnis al li, ke lian animon ankoraŭ kaptita posedas la rabistoj, ĉar li estis ankoraŭ juna kaj sensperta, kaj ankoraŭ ne sciis, ke ankaŭ Eroso estas granda rabisto.

Poemoj

de Chus Pato
(el la galega tradukis Suso Moinhos)

Chus Pato (Ourense, 1955) estas unu el la plej elstaraj kaj referencaj galegaj poetoj nuntempaj. Profesie ŝi estis mezlerneja instruistino pri historio, ĝis sia emeritiĝo en 2000. En siaj verkoj ŝi rompas kaj la literaturan tradicion kaj la limojn de ĝenroj, kaj ankaŭ pripensas identecon (en la sferoj persona, familia, genra, lingva, historia aŭ tiu de la galega nacio). Tiel ŝia kreado konturiĝas kiel spaco por esplorado kaj eksperimentado, kion ŝi ofte faras per alia trajto de ŝia poezio: plurvoĉeco, t.e. la dissplitiĝo en malsamajn miojn. Samtempe, ŝia poezio ne montriĝas kiel izolejo disde la socio kaj la mondo; tial ŝia starpunkto firme forpuŝas masklisman rezonadon (interalie, reasertante ŝian apartenon al la klano de siaj praulinoj), denuncas la subpremadon kontraŭ la galega lingvo (vd. la poemon "Dialogo") aŭ historiajn situaciojn, ne malofte ligitajn al ŝia infanaĝo (kiel en la unua prezentata poemo). Ĉio ĉi ŝanĝis la perspektivon de la galega poezio kaj influis la postajn generaciojn de poetoj.

En la versoj de Chus Pato traspureblas la verkoj de pluraj filozofoj (Kantio, Wittgenstein, Bourdieu, Agamben, Nancy, Deleuze, Eagleton k.a.) kaj la influo de aliaj poeziaj voĉoj, galegaj kaj alilokaj (de Ezra Pound kaj Paul Celan ĝis Méndez Ferrín kaj la usonaj poetoj de la t.n. *language poetry*, lingva poezio). En 2017 ŝi estis elektita membro de la Reĝa Galega Akademio. Ŝi aŭtoris ĝis nun dek du poemarojn, interalie *Fascinio* ("Fascino", 1995), la mejloŝtonan *m-Talá* (2000), al kiu ŝi ofte revenas en deklamadoj, *Hordas de escritura* ("Hordoj da verkado", 2008), *Secesión* ("Secesio", 2009), *Carne de Leviatán* ("Levjatana karno", 2023), *Un libre favor* ("Libera favoro", 2019) kaj *Sonora* (2023, kiun Chus Pato ekverkis okaze de la forpaso de sia patrino kaj finis post kvarjara funebrado). Ŝiaj poemoj estis tradukitaj en plurajn lingvojn kaj ŝi ricevis diversajn literaturajn premiojn.

MIA denaska lingvo estas faŝismo
la neeblo de faŝismo diri la nomojn de la realo

perturbo

origino

(el *Fascinio*)

mi demandas min, ĉu la nuna frazo povas enteni ĉiujn taksusojn de la
libera urbo Parizo, ĉiujn miajn cerbumadojn pri la lingvaĵo – *la vorto
fermanta la domon de la Lingvo apertas al la regno de la vento* – tiam
eblis transiri ne nur unu, sed du, tri, sennombrajn ĉielarkojn, ĉiun
pordon kaj la fruktojn; mi deziris prononci por vi: onikso, diri al vi,
ke Camille skulptis *La vague* kaj tri bronzajn statuetojn; ni neniam
scios, ĉu la akvoj estas fekundo, drivo. Mi songis pri la rubejoj, pri
la libido de la reĝo aŭ, pli ĝuste, pri la senlibideco de la reĝo antaŭ
la baseno; pri la absoluta dezirmanko en arto senpasia, disponanta
nur kalkulon kaj estetikon de kalkulo por desegni la ĉefajn liniojn
de sia laboro. La akvoj, kiel arkitekturo por gastigi civilizaciojn,
kara fratino! Babelo estas tempo kaj Afrodita. Mi volis Gangon da
vortoj, kaj kiel teruras la treso[1], kies sola tenilo estas mia mano, kies
emblemo estas la vento! Tio similas vekiĝon el la sonĝo, el la korpo,
el la vortoj

(el *m-Talá*)

| treso: harplektaĵo (ĉiuj notoj estas de la tradukinto).

Patro

El la spirado surtere levata de l' tomboj
el la ventro de virinoj
de tie vi venis
patro
de tie vi originas
brulante sur betuloj

Sur la ĉielo
sidas la konstelacioj
kaj la ĉielo estas volva haŭto por la Tero

El la haŭto
tiel vi venis
patro
el la haŭto
volvanta la spiradon de la tomboj
brulante sur betuloj

(el *Carne de Leviatán*)

Dialogo

"en la lingvo de la brutoj
sinjoro
en tiu lingvo
mi skribas"

(el *Carne de Leviatán*)

Kontraŭ idoloj

Vi volis
vorton, kiu
rigardu sin
en sia vortokoro
kaj spegulu survizaĝe
la tutan belon de la mondo

ĝia voĉo estus tiu de l' anĝelo

kiel brahmano
vi komponus *anna-virāĝ*[2]
per ĝi vi kreus dion

la ofero estas dio

kaj vi nutrus vin per gloro

2
(politiko)

Kiam ĉiuj registaroj eksiĝos
kiam ĉiuj plumoj de l' anĝelo falos

nun prikantu
ĉi blankan paĝon

3

Nenion la paĝo enhavas
krom lingvo, kiu rigardas sin mem kaj sereniĝas

kaj apertas por ke ĝin diru vi mi
kiu ajn

(el *Carne de Leviatán*)

---

2 **anna-virāĝ** (sanskrite): *anna* estas "greno" aŭ ĝenerale "nutraĵo", kaj *virāĝ* havas la ĉefan signifon, en ĉi tiu ekzemplo, "veda metrika formo konsistanta el kvar grupoj da deksilabaj versoj". Do temas pri nutro-kanto, ĉefe por la dioj (aparte por Praĝāpati, laŭlitere "gardanto aŭ vartanto de la popolo", kromnomo de Brahmā aŭ Brahmao (*PIV*), la kreinto laŭ hinduismo), sed samtempe ankaŭ por la homo mem, ĉar la dioj provizas la homojn per nutraĵoj.

Ne, la paradizo ne estas la infanaĝo, la paradizo estas la besteco;
ĝuste la paradizon ni perdis
la verda, likva lumo / de la kverkoj, riverakvo kaj la korpo en ĝia fluo
kunfaldiĝas (la akvo, la lumo)
nutrantaj
dum tuta somero, en la plej varmaj horoj, enfermita en la verando,
mi ŝajnigis, ke mi legas *Mirindaj aventuroj de majstro Antifer*[3]; mi
desegnis sur la tablo intuajn-imagajn itinerojn, lernis serenon,
koncentriĝon sur laboro, mian disiĝon disde la mondo

jen kiel brako iĝas ritmo

ni preskaŭ ne havas ruinojn, nia tuta antaŭa agroproduktado estas
ruino, sed pri la kampoj oni ne diras "ili ruiniĝis"; se ni havus ruinojn,
tiam ni havus memoron
mia kapo plenas de ruinoj

super ruino klare profiliĝas Historio

ruino senformas
en ĝi ni malfermas mineralan vejnon, vojlinion en la interno

mito dislimas karnon kaj vorton
Mio-mito
memoro, momento, tuj ruino

ni ĉiuj (praŭlinoj) pli-malpli identas
ni sentas voĉan tondron ĉe la diafragmo, pensan fulmon ĉe la krania
volbo

tiuj simiinoj dilatas sian menson
kaj vi, min amanta.

La hundino Néboa plu cerbumis pri la neeblo ĉasi, kaj la sciuroj
nedistingeble senmoviĝis sur la ligno, poste ŝi turniĝis al herbejo,
unu el la ĉevaloj jen kaj jen forpelis muŝojn, kiuj dum momento
sencele ĉirkaŭflugis kaj poste komforte haltis sur sia plej ŝatata loko

kiel ĉi tiu vakuo, turo Hölderlin
vi, min akceptanta

Babilono.

---

3   Romano de Jules Verne (france: *Mirifiques aventures de maître Antifer*, 1894).

2

same la poemo, sango retenanta la forpasintojn kaj ĉion altiranta al si

mito – same kiel mio, memoro, fendo, tempo, kopulo kaj sonĝo – kunigas ĉion eksterordinaran

cele al blue glazurita pordo kie la bestoj dias kaj implodas.

(el *Hordas de escritura*)

Fisterra[4]

Mi scias, ke nenieco etendas sin ĝislime, kie mia spiro rompiĝas. Nenieco estas mia buŝo, tra la buŝo eniras karnotremoj. Io, iu kuntiras mian buŝon, etendas la neniecon, vortigas tion neprononceblan, subjekton, "mi". Io, iu eldiras malpermeson.

Mia pozicio en la dezerto estas tiu de individuo ekster bando, ekster flago, ekster placento ebliganta la vivon de komunumo, ĝian reproduktiĝon. Mi ne scias, ĉu pliaj personoj dividas mian sorton. Io, iu ĉiutage, ĉiun sekundo-milonon eldiras la malpermeson.

Kia politiko, tiu fontanta el skribaĵoj, el la impulsoj de la lingvo, el neligebla subjekto, kiu etendiĝas (psiko, vivo) neprononcebla, ĝis la terlimo, konceptata kiel spektro inter pluraj aliaj, kuniĝanta kun la multoblaj organoj teritoriaj, ĝis la terfinoj, kie frakasiĝas sonĝoj, ideologioj, pneŭmoj[5], forpasintoj? Kia politiko, ekster bando, ekster flago, kie frakasiĝas spiro?

(el *Secesión*)

---

4 **Fisterra** estas la nomo de la plej okcidenta kabo de la galega marbordo (Terfina kabo, en *Poŝatlaso de la Mondo*, 1970), kie la tero finiĝas antaŭ Atlantiko.

5 **pneŭmo**. En la helena filozofio: kreanta spiro aŭ vento, vivoblovo.

La semitaĵo ĝermas
hibiskoj, jasmenoj, visterioj
grimpadas sur bariloj
kaj tomboj
Tiel floras la kadavroj
kaj la surpriza ŝuldo
tiel mi diras al vi
"ni devas pagi la florojn"
kaj la bronzaj sonoriloj susuras
spiradon, revojn
morton

*

Ni revis pri la vivo
poste
ni travivis la argumentojn
kiel vefton, varpon aŭ labirinton

estis la birdoj
ili foriris ĉe la alveno de la druidino por vivi en kruda
tolo,
ĉar la flugo de vespertoj estis aerspeguloj
la precizo, la rapido malhelpis fiksi ilin sur la retino

Ene de la okuloj lumo kreskas
blanka serpento
ĝi sin turnas al la voĉ-imagoj
  grámmata[6]
se vi rakontas la memoron

---

6   **grámmata**. En la helena: literoj, skribaĵoj, literaturo.

aŭ ĝi iras al ektremoj de mano uzanta
literojn
nome cindron post forbruliĝo

memoro
ni muzoj dancas por vi
ne altrudu al ni la rakontadojn
ne altrudu al ni la leĝojn
ni dancas por vi
por la lumo
por la nasko

**

Mi ne memoras la kreon de l' planedo
tamen memoras ĉi herbon kaj plian kaj kroman
kaj teritorion plenplenan de arboj revantaj pri akvo
ankaŭ jen kaj jen praulinon
kun kiu mi preskaŭ identas
sed ni ne konas unu la alian
Ĉio plej dista de posedo
ĉio nepropra
tio estas la vivo

(el *Un libre favor*)

Mi estas tiu kuranta kun ŝafoj tra la plej arkaikaj herbejoj estontaj

estas vi kaj vi kaj vi
tuj ĉe nia naskiĝo oni fel-volvas nin
en O Castelo,
tero de altaĵoj kun arbaregoj,
iamaj kupoloj kovritaj
Tiu loko ventras
nestiĝas en ĝi la civilizacioj-korpoj,
prapsiko igas ilin greftoj (la civilizaciojn, la teknikojn) kaj sigelas

absolute ĉiun geston
Tiu loko estas la ideo, kie ni virinoj forpasas
ni almetas la vizaĝon al la lumo kaj la lumo forrabas niajn okulojn
ni vidas tra ili
tra la vortoj
ni palpas ilin, ili malfermiĝas kaj ni ricevas vidon
Mi aŭskultas la voĉon inter muroj

Memoru min kiel mi vin memoras
ostoj gruaj kaj flugado
cindro

(el *Sonora*)

Pri la ŝafoj
ni scias pro la viando kaj la lano
ĉe eksento ili tremas

la animo
intimas
zorgas pri la pneŭmoj kaj la spiro subtenanta la vivon

la montaro, la patrino, la lingvo, la tempo
fremdas
ili loĝas en ni.
la animoj forestas
sed la nokto
apertas
kaj la pluvo
filtras la sterkon kaj fekundigas

la sonĝojn

(el *Sonora*)

Se vi demandas
"ĉu vi vidas fantomojn?"
la respondo estas "ne"
la respondo estas
"mi uzas unu el la etikaj formuloj de parolo,
kiu egalas la poetikan figuron de la vivo,
la viziojn mi povas montri sur la arbo kaj ĉe la bordoj
tio implicas, ke
miaj arterioj devas kalkuli kun ili
ĉiuj miaj organoj devas kalkuli kun ili
doni al ili lokon"
Se vi demandas "ĉu vi vidas fantomojn?"
la respondo estas "ne"
la respondo estas "la lingvo konstruas en mi ĝardenon por la mortintoj
ili estas la memoro, koro kaj lingvaĵo
ĉiuj miaj organoj cedas al ili sian lokon"
La ĉielo
kun ĉiuj siaj geometriaj lumoj
ne malsamas la arbon, kie aperas via vizio
Etendu la manon, tenu la nordon
La nokto alias kun la tero

(el *Sonora*)

1

Filiko disfendas la teron per sia fermita spiralo
mi dormas sur tiu tero

mi cedas mian lokon

2

Birdo estas morale supera al la eblo de *sapiens* redukti knabinon al seksa sklaveco
Lutro estas morale supera al la kapablo de *sapiens* eltiri plusvaloron el animoj
Korpo de tervermo estas morale supera al la senfinaj ebloj de avaro

senrajta montaro estas antaŭa kaj supera al la rajto de mia aparteno

(el *Sonora*)

Kredu
ne, per viaj okuloj, ne
krom se ili estas sanktejo
kaj sur la irisoj glugladas la lago
kaj sur la pupiloj nufaroj[7] de Antela
Nun la mondo vidas:
la bildoj
apertaj en la nokto
disŝiriĝas
trembrilas kiel skombro
kvakas kiel batrakoj
kaj estas restoj de menso antaŭa kaj fina
de menso spirale malfermiĝanta
nur diste strekanta lastan linion
ĉe pli vasta tagiĝo
Via
via korpo estas Oriono
organo kiu sin disverŝas
momenton antaŭ sia morto
vizio pri noto-skalo
la varmo de la nevidebla
en la arbaroj

(el *Sonora*)

---

7   En la originalo: *auganas*, loka vorto por la nufaroj kreskintaj en la lago Antela, unu el la plej grandaj malsekejoj en Iberio. La vorto malaperis ĉe la sekigo de la lago por agrikultura uzo en 1956, dum la Franko-epoko.

Poemoj

de Katri Vala
(el la finna tradukis Jouko Lindstedt)

Katri Vala estis la verkista nomo de la finnino Karin Wadenström, post edziniĝo Karin Heikel (1901 Muonionniska, Finnlando – 1944 Eksjö, Svedio). Ŝi apartenis al la rondo de junaj verkistoj nomata *Tulenkantajat* ("fajroportistoj"), kiu post la sendependiĝo de Finnlando en 1917 kaj la intercivitana milito en 1918 deziris distanciĝi de naciismaj ideoj kaj kontaktiĝi kun pli modernaj, tut-eŭropaj tendencoj. Dum la 1920-aj jaroj ŝi tamen restis duone eksterulo de la literaturaj rondoj, ĉar ŝi devenis de malriĉa familio kaj devis vivteni sin kiel instruistino en elementaj lernejoj en la kamparo, malproksime de la kultura vivo de la ĉefurbo Helsinko. Ĉe ŝi en malvastaj instruistaj loĝejoj ofte restadis ŝiaj patrino kaj pli juna frato, kiuj pro mensaj problemoj ne plene kapablis zorgi pri si. Pro kronika ftizo ŝi ankaŭ

mem estis de tempo al tempo nekapabla labori.

Dum la 1930-aj jaroj ŝi aktivis en la maldekstraj kaj pacismaj rondoj de la ĉefurbo, sed evitis gvidajn rolojn (vidu la poemon "Salika fajfilo" ĉi-sube) kaj estis kritikata de iuj maldekstruloj pro manko de klasa konscio. Ŝi forte kontraŭis faŝismajn movadojn kaj la kreskantan influon de la nazia Germanio en Finnlando. Ŝia edzo estis malliberigita dum la mondmilito pro politikaj kaŭzoj. Ŝi tiam vojaĝis al Svedio por kuracigi sian graviĝantan ftizon, sed mortis en 1944 en sveda sanatorio.

Ŝiaj verkoj ludis gravan rolon por establi la liberan verson en la finnlingva poezio – dum tempo kiam eĉ moderna metriko estis kelkfoje konsiderata kiel manko de patriotismo. Jam antaŭ ŝi, en la svedlingva poezio de Finnlando aperis la majstrino de la libera verso Edith Södergran (1892–1923; en Esperanto aperis de Södergran en 1999 la kolekto *Lando malekzista,* tradukita de Sabira Ståhlberg). Svedlingva poezio estis grava por Katri Vala, kiu ekde frua infaneco parolis ankaŭ la svedan.

La fruaj poemoj de Vala plenas de ekzotismo, koloroj kaj odoroj. Poste la malsano, la malriĉa vivo kaj la morto de la unua infano tuj post la nasko (vidu "Trans la riveron" ĉi-sube) elvokas pli sombrajn tonojn. En la lastaj poemoj videblas ŝia socia engaĝiĝo. La tradukoj estas ĉi tie aranĝitaj kronologie laŭ la poemaroj en kiuj ili unue aperis.

Post sia unua poemaro (1924) ŝi estis rigardata kiel brila nova talento, sed poste la prijuĝoj de la kritikistoj estis pli diverĝaj, ankaŭ pro politikaj motivoj. Neniu el ŝiaj kvin poemaroj, ekde 1924 ĝis 1942, estis eldonita pli ol unufoje. Sed tuj post la milito, en 1945, oni publikigis ŝiajn kolektitajn poemojn, poste plurfoje represitajn, kaj la finna ŝtato aranĝis publikan solenon, en kiu ŝia cindro transportita el Svedio estis entombigita en la parko de unu el la laboristaj kvartaloj de Helsinko.

Miaj unuaj momentoj

Tiam ne plu estis vivo sur la tero,
kaj la suno de Laponio preskaŭ estingiĝis.
La verdaj kaj sulfure flavaj torĉoj de la nordlumoj
jam paliĝis kaj malaperis post la montopintoj,
kaj tiam, post granda doloro,
mi fine ripozis sur la brusto de mia pala patrino
en matena lunlumo.

Mia patrino ridetis kaj ploris,
kaj mi instinkte sensis nur
la odoron de ŝiaj varmaj mamoj
kaj mi suĉe fiksiĝis al la ruĝaj pintoj,
kaj tiel enfluis en mian etan korpon
la trista kaj bela vivo
en blanka, potenca lakto.

Kaj mi ne sentis timon
ke finiĝos tiu varma trezoro.
La mamoj de mia patrino estis neelĉerpeblaj,
kiel la tero, ĉiam denove nutranta
miriadon da individuoj.
Nek sentis mi kompaton
al mia juna patrino,
kiu jam sange min nutris

kaj plu nutradis.
Mi posedis la dian rajton esti kruela
samkiel ĉia ĝermanta vivo.

(El la poemaro "Malproksima ĝardeno", *Kaukainen puutarha*, 1924)

La feinoj

La ruĝagaza feino diris:
"La plej belaj estas la nuboj,
kiam ili ruliĝas sur la ĉielo
kiel enorma oceano de ŝafoj
aŭ disŝiritaj rapidas
kriante, kun etenditaj flugiloj,
kiel grizaj birdegoj.
Kaj nubo fulmotondra – kia ĉarmo!
Malheliĝas, trans la arbaro leviĝas
kvazaŭ la blue nigra kapo de granda dio,
kaj komencas fulmi kaj tondri.
Kaj dum kvietaj vesperoj, ĉe la horizonto
flosas nuboj en ruĝo
kiel ruĝaj nimfeoj
ĉe bordo de ora maro.
Oni povas flari ilian odoron."

La flavagaza feino diris:
"La plej belaj estas la floroj kaj la papilioj.
Se oni estas sufiĉe eta,
oni povas engrimpi kloŝfloron.
Kiel diafane blua estas la aero tie,
kiam brilas la suno!
Oni estas tiel beata ke oni preskaŭ mortas
banante sin en la ora polvo
kun membroj langvoraj kaj feliĉaj!
Kaj la papilioj!
Ĉu vi kredas, ke la anĝeloj povus esti pli belaj?"
Ŝi estis tre malgranda kaj naiva.

La bluagaza feino diris:
"La plej bela estas la fonto,
kun blanka sablo surfunde
kaj kun arboj tiel proksime al la rando,
ke la akvo estas tute verda
kun disaj oraj makuloj."

La verdagaza feino diris:
"La plej bela estas la marĉo.
Ĝi ne estas klarigebla.
Provu foje gliti boate
laŭ nigra marĉa rivero,
kiam la ĉielo estas malhelblua,
kaj brilas la luno,
kaj el la marĉo leviĝas nebulo
kaj la potenca odoro de ledumo!"

(El la poemaro "Malproksima ĝardeno", *Kaukainen puutarha*, 1924)
ledumo: la marĉa floro *Ledum palustre* (=*Rhododendron tomentosum*)

Dio kaj mi

Hodiaŭ mi la tutan tagon rigardis librojn,
du grandajn librojn
pri floroj, papilioj kaj orskaraboj.
Mi perdas la spiron pro ilia beleco.
Kaj kiam mi levis la kapon,
rigardis vi, Dio,
al la libroj super mia ŝultro.
Kaj subite mi ekamis vin.

"Certe vi estis tre juna," mi diris,
"kiam vi kreis ĉiujn ĉi?
Ĉu vi ne ĝojis, kiam ili, brilante kiel gemoj
kaj malhela oro
ekflugis de viaj lertaj fingroj?
Kiom da neutilaj belaĵoj vi kreis!

Poste vi kreis la homon,
kaj la homo kreis multajn malbelaĵojn kaj stultaĵojn,
sociojn kaj militistarojn.
Ho, ni tiom tediĝis pro tiuj!

Se vi nur estus ankoraŭ juna,
ĵus kreinta la florojn, la papiliojn kaj la orskarabojn,
mistera kaj radianta vi venus al mi
kaj kaptus mian manon
kiel granda frato la manon de tre eta fratino
kaj kondukus min rigardi viajn farojn.
Miaj okuloj grandiĝus pro miro,
kaj vi iomete fierus."

Mi plu rigardas miajn librojn,
kaj vi, Dio, rigardas malproksimen for
kaj ridetas triste.
Ĉu vi rememoras la tempon, kiam vi estis bole juna?

(El la poemaro "Blua pordo", *Sininen ovi*, 1926)

Sur la kajo de l' Tero

Iras, iras kun brulanta koro
mi laŭ stratoluma koridoro.
Softe falas neĝo, kaj mi flaras
blankajn florojn, kiuj ĉie staras.

Sinkas mia urbo en nebulon.
Mia serĉo rezultigas nulon.
Fore muĝas planedar' giganta
tra la kosmo blinde rapidanta.

Ne plu serĉas mi surmarajn velojn,
de la bord' de l' kosmo celas stelojn
mia itinero.

Ĉion perdis mi en viv' sencela.
Oravele venu, ŝip' ĉiela,
al la kaj' de l' Tero!

(El la poemaro "Sur la kajo de l' Tero", *Maan laiturilla,* 1930)

Kaliko

Via mano tenas min kiel kalikon
diafanan kaj fragilan.
Viaj lipoj estas sur la rando de l' kaliko.
Tra kiu dezerto
vi venis tiom soifa?
Trinku min! Trinku min!

Sur la herbejoj de l' vivo mi kolektis
ekzalton de l' suno kaj nektaron de floroj,
sukon de ekzotaj fruktoj,
ondojn rompiĝantajn kontraŭ fora bordo,
florojn de steloj,
ĝojon, suferon,
solecon, morton.

Trinku min!
La princa mano de la vivo
plenigos min
ĉiam denove.

(El la poemaro "Sur la kajo de l' Tero", *Maan laiturilla,* 1930)

Salika fajfilo

Mi ne estas standardisto,
nek vojgvidanto kun agla koro
en via vojaĝo al la matena lando.
Mi estas riverborda saliko,
tra kiu blovas la ventoj
kaj el kiu la ribela spirito de l' mondo
derompas simplan fajfilon
por ludi melodion
kun ŝtormo, sufero, amo
kaj iomete da mateniĝo.

(El la poemaro "Reveno", *Paluu,* 1934)

Trans la riveron

Via morto la bordon de l' morto
proksimigas plezure al mi,
apartigas niajn du korojn
nur mallarĝa rivera stri'.

Sen okuloj rigardas mi, vidas
per maneto gesti vin nun,
kaj vokante de bordo al bordo
ni petolas en nia ludkun'.

Tie eble brilas la suno
super flore kovrita ter',
piedetojn viajn kisadas
la milda ros' de l' vesper'.

Kion diru mi? Ĝemas la vortoj
neniam diritaj ĝis fin'.
Ili venis kun vi, sed mi vidis:
poreterne forlasis vi min.

Kvazaŭ nubo kun pluvo humida
al mi trempis l' okulojn en plor'.
Nun havu vi dolĉan dormon,
ĉar mi devas reiri jam for.

(El la poemaro "Reveno", *Paluu,* 1934)

La nestarbo brulas

Maltrankvilaj pensoj flugadas ĉirkaŭ la lando
kiel birdoj ĉirkaŭ brulanta nestarbo.
La vojoj de detruo, malsato kaj fuĝo
kondukas al la hejmoj ĉie en la lando.

Tie la homo estus vivinta
kviete kiel planto
sentante en siaj vejnoj
la pacon de la maturiĝantaj grenkampoj.
Li plonĝus en la matenajn rosujojn,
potence ŝaŭmus sub la somera suno,
glitus en la arĝentan bluon de l' tagoj aŭtunaj.
Li kantus pri la amo,
pri la ĝojo kaj la miro de la infanoj.

En la nigraj flamoj de sufero,
en la maro de lamentoj
hardiĝas la paciencaj koroj,
la benantaj manoj de la terkulturistoj
fortikiĝas por obtuze minaci,
por purige detrui.

Pensoj flugadas ĉirkaŭ la lando
kiel birdoj ĉirkaŭ brulanta nestarbo
gvatante la detruintojn de la nestoj,
elkriante la duran kanton de batalo.

(El la poemaro "La nestarbo brulas", *Pesäpuu palaa,* 1942)

Nokta ĉielo

Sur la blua ĉiela kampo,
profunde plugita de ŝtormaj noktoj,
kreskas arĝenta stelaveno,
maldensa aveno de frida kampo.
Kiu prenos la lunarkon, la akran rikoltilon?

(El la poemaro "La nestarbo brulas", *Pesäpuu palaa,* 1942)

La maro kantas al la tero

Mi balanciĝas karesante viajn genuojn, ho tero,
sub la ŝrikantaj birdoj kaj la ridanta suno.
Mi balanciĝas en miaj mallumaj profundoj
portante naskotajn insulojn.
Mi balanciĝas laŭ ritmo ekstertempa,
en la ridetanta volupto de la dioj.
Senfine vi staras super mi, ho tero,
senfine fluas viaj riveroj
en miajn avidajn profundojn!

La ventoj de viaj montoj,
la obtuza doloro de viaj homoj,
la sentimaj sonĝoj, la sanga feĉo,
ĉiuj balanciĝas en mi
kaj drivas al miaj foraj bordoj.

(El la poemaro "La nestarbo brulas", *Pesäpuu palaa,* 1942)

INTERVJUO

Intervjuo kun
Vimala Devi

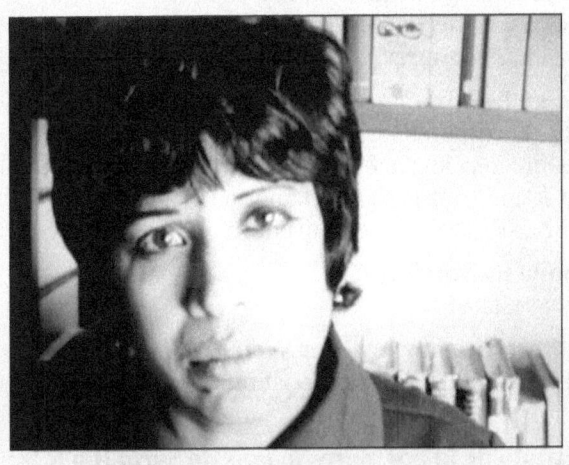

Vimala Devi estas la pseŭdonimo de Teresa da Piedade de Baptista Almeida (Goao, tiama Portugala Ŝtato de Hind-ujo, 1932). Ŝi naskiĝis en familio de bienuloj apar-tenanta al la plej alta klaso, la bramanoj. En 1958 ŝi translokiĝis en Lisbo-non, kie ŝi konatiĝis kun la tradukisto kaj verkisto (en la portugala, en la kataluna kaj en esper-anto) Manuel de Seabra (1932-2017), al kiu ŝi baldaŭ poste edziniĝis, en 1959.

Kiel originala aŭtoro en esperanto ŝi estas menciita i.a. en *Concise Ency-clopedia of the Original Literature of Esperanto* (2008), de Geoffrey Sutton, *Ordeno de Verda Plumo* de Josip Pleadin (2008) kaj *Historio de la esperanta literaturo* (2015) de Carlo Minnaja kaj Giorgio Silfer.

La sekva telefona intervjuo okazis en februaro 2021, ankoraŭ dum la kronvirusa pandemio.

Bonan tagon, S-ino Teresa.
[Portugale] Bonan tagon. Bonvolu pardoni min, mi ne parolas Esper-anton. [La cetera intervjuo okazis en la portugala]

Mi volus iom paroli pri via vivo. Vi naskiĝis en Goao, precize en la vilaĝo Britona, proksime de la urbeto Penha de França, en 1932. Kion vi memoras pri via vivo en Goao?
MI vizitis la preĝejon de Penha de França[1] , kiam mi loĝis tie... Mia familio nun loĝas en Lisbono: miaj pluraj genevoj, unu mia frato, kiu plu vivas (du aliaj forpasis).

---

1   Preĝejo de Nia Sinjorino de Penha de França (16a jc.), ĉe la rivero Mandovi.

Kiujn lingvojn parolis via familio en Goao? Ĉu nur la portugalan aŭ ankaŭ la konkanan[2]?

Ne, mi eĉ ne komprenis la konkanan, ne scipovis ĝin paroli tre bone. Ĝi estis tre malfacila lingvo. Tial mi ne povis kompreni la personojn, kiuj venis al nia domo por labori, nur malmulte povis komunikiĝi kun ili.

Kaj en Goao vi eklernis...

En Goao mi iris al bazlernejo, sed mezlernejon mi frekventis en Lisbono. En Goao mi lernis ankaŭ en kursoj de la angla kaj de la franca. La portugala kaj la angla estis la du lingvoj, kiujn mi tre bone regis, kaj la francan mi lernis pro instigo de mia familio, celanta prosperan estontecon por ni. Ili pensis, ke tiel, en Lisbono, mi povus havi bonan vivon dank' al la lingvoj, kiujn mi regas.

Kiu do estis via laboro en Lisbono?

En Lisbono mi laboris kiel korespondisto por entreprenoj: mi okupiĝis pri komerca korespondado en la angla, franca kaj portugala. Poste mi konatiĝis kun mia edzo, kaj ni translokiĝis al Londono, kie mi laboris kiel arta kritikisto por BBC [Brita Dissenda Korporacio][3].

Ĉu vi ne studis en lisbona universitato?

Ne, mi ne frekventis universitaton.

Tiam komenciĝis via literatura kariero, per _Súria_[4].

Jes, tiu estis la unua libro, kiun mi publikigis, post mia alveno el Goao en Lisbonon.

Tio memorigas pri la titolo de la poemaro _No país do Súria_ [_En la lando de Súria_] de konata goaa verkisto en la portugala, Paulino Dias[5]. Fakte vi studis la hinda-portugalan literaturon kaj tial vi ricevis premion de la Akademio de Sciencoj de Lisbono...

Tion mi faris kun mia edzo. Dum kvin jaroj ni ricevis stipendion de la Akademio de Sciencoj de Lisbono, dank' al kiu ni longe esploradis, eĉ loĝante en Londono. De tie ni petis la kunlaboradon de pluraj goaaj verkistoj, abunde esploris en la Brita Muzeo kaj poste en lisbonaj

---

2 **konkana.** Lingvo parolata en Goao kaj aliaj regionoj de la okcidenta marbordo de Barato. Ĝi troviĝis en danĝera situacio pro konkuro kun la portugala kaj la angla, rigardataj kiel prestiĝaj lingvoj. En Goao, kontraste kun aliaj teritorioj de la nuntempa Barato, ne disvolviĝis kreola lingvo kun portugala bazo. Manuel de Seabra (en sia traduko _Musono_) uzas la formon _konkania_.

3 En Londono ŝi komencis sian pentristan karieron per frekventado de la lernejo Sir John Cass College kaj de diversaj atelieroj (César, Amândio: _Antologia do Conto Ultramarino_, vidu poste). Pliajn detalojn pri ŝia restado en Londono donas Montserrat Franquesa (2017: "Conversa amb Vimala Devi" [Konversacio kun Vimala Devi]. En: _Visat. La revista digital de literatura i traducció del PEN Català_, projectetraces.uab.cat/tracesbd/visat/2017/visat_a2017m11n24p15.pdf. De 1973 ŝi loĝas en Barcelono.

4 _Súria: poemas_ (1962. Lisboa: Agência-Geral do Ultramar; Sūrya estas la Sundio, adorata en la Vedoj).

5 De Paulino Dias (1874-1919) aperis poemo en _BA35_.

instituioj. Fine ni estis premiitaj pro nia laboro[6]. Ankoraŭ nuntempe ĝi estas referenca verko por pluaj esploradoj; tial oni volis inviti min al Goao por ricevi omaĝon, sed mi rifuzis, ĉar bedaŭrinde mi ne povas vojaĝi tiom for, al Goao.

Sed ĉu vi revenis al Goao?

Ne, mi neniam plu revenis.

Kial do?

Mi ne plu havis familianojn tie, mia tuta familio estis en Portugalio (mia patrinflanka familio, miaj gefratoj), do mi ne plu havis ligojn kun Goao. Cetere, poste mi verkis en Portugalio kaj ankaŭ en Londono, kie mi publikigis *Hologramas*, *Telepoemas*[7]... Mi havas ankaŭ alian verkon pri Goao: *Monção*[8].

Efektive, *Monção* estis tradukita en la konkanan, en la katalunan, en esperanton, en la francan kaj, pasintjare, ankaŭ en la anglan. Pri ĝi mi havas demandon: ĉu vi konsentas kun la literatur-kritikistoj asertantaj, ke via uzo de la popola lingvo de Goao en *Monção* povas rilati al la uzo de la popola lingvo en la portugallingvaj afrikaj literaturoj, kiel ĉe la verdakabano Baltazar Lopes, aŭ en la brazila modernismo, kiel ĉe Graciliano Ramos?

Nu, mi ne scias, kion diri. Mi tre distanciĝis jam de literatura kreado. Mi loĝas en Barcelono de tre multaj jaroj.

Vi verkis ankaŭ en la kataluna la poemaron *El temps irresolt*, en la hispana kaj portugala la poemaron *Hora*...[9]

6   Devi, Vimala kaj de Seabra, Manuel (1971): *A Literatura Indo-Portuguesa* ("La hinda-portugala literaturo". Lisboa: Junta de Investigações do Ultramar); du volumoj, el kiuj la dua estas antologio. La verko ricevis en 1972 la premion Abílio Lopes do Rego, de la Akademio de Sciencoj de Lisbono.

7   *Hologramas* (1969) kaj *Telepoemas* (1970), ambaŭ ankaŭ en la portugala, aperis ĉe la eldonejo Atlântida Editora, de Coimbra.

8   *Monção* (1963. Lisboa: Dédalo); temas pri la plej konata verko de Vimala Devi. La unua eldono enhavas dek tri novelojn. Dua, ampleksigita eldono, estis farita en 2003 (Lisboa: Escritor), kun aldono de tri eroj: "Incerteza", "Tyâtr" kaj "Regresso". La novelo "Os filhos de Jó" ("Jobidoj", en la esperanta traduko) aperis en la grava *Antologia do Conto Ultramarino* ("Antologio de transmaraj rakontoj". 1972. [Lisboa]: Verbo) kompilita de Amândio César. Cetere, poemoj de Vimala estis inkludigitaj en la antologio *Poesia 70* ("Poezio 70". 1971. Porto: Editorial Inova Limitada), farita de Egito Gonçalves kaj Manuel Alberto Valente. Aliflanke, la esperanta traduko *Musono* (2000. Skövde: Al-fab-et-o), farita de ŝia edzo Manuel de Seabra, estas malpli longa – ĝin konsistigas nur naŭ noveloj ("forestas kvar noveloj [...] kiujn la aŭtoro konsideris tro lokaj por ke oni ilin traduku komprenos [tiele] en Esperanto" legeblas en la "Eldonpravigo"). Ĝia ero "Revenoj" aperis en *Mondoj: 34 Esperantaj Rakontoj*. (2001. Bielsko-Biała: KLEKS), redaktita de Tomasz Chmielik.

9   Pli ol dudek jarojn post ŝia antaŭa verko, eldoniĝis ŝiaj poemaroj *Rosa secreta* ("Sekreta rozo" 1991. Barcelona: el ojo del polifemo; katalunlingva), *Hora* ("Horo". 1991. Barcelona: el ojo del polifemo, kun tekstoj en la hispana kaj en la portugala), *El temps irresolt* ("La nesolvita tempo" 1995. Barcelona: l'ull del polifem; en la kataluna) kaj *Ètiques* ("Etikoj". 2001. Vilanova i La Geltrù: El Cep i la Nansa Edicions; kun poemoj en la kataluna kaj en la portugala). En la kampo de

Jes, kompreneble, mi ne plu havas ĉi tie, en Barcelono, referencojn al goaaj temoj.

Ĉu vi parolas esperanton?
Ne, mi ne parolas esperanton, kvankam mi konas ĝin. Kiam Manuel vivis, kelkfoje li turniĝis al mi hejme en esperanto, por ke mi penu paroli ĝin. Sed la fakto restas, ke mi ne lernis esperanton.

Tamen en esperanto aperis du viaj poemaroj: *Pluralogo* kaj *Speguliĝoj*[10].
Tiuj poemaroj estis tradukoj. La respondeculo estis Manuel, granda impulsanto de esperanto [ridoj]. Li faris tion kunlabore kun mi.

Ĉu tiuj poemoj estis tradukitaj el aliaj viaj poemaroj en la portugala?
Jes, ĝuste. Ĉion faris Manuel, ĉar mi ne bone konis esperanton.

Mi legis, ke dum vi loĝis en Londono, vi vojaĝis al Angolo kaj Mozambiko por diskonigi la goaan literaturon.
Ne, mi neniam vojaĝis en Afrikon, neniam havis ajnan ligon al ĝi.

Mi legis ankaŭ, ke vi parolis en programoj de RTP [Portugala Radio-Televido] por diskonigi goaajn verkistojn.
Ne, mi ne partoprenis en televidaj programoj. Mi ricevis laŭdajn kritikojn de bonaj kritikistoj, sed mi ne iris al RTP.

Ni parolu iom pli pri via privata vivo. Ĉu vi havas gefilojn? Kiel disvolviĝas via nuntempa vivo?
Ne, ni ne ricevis infanojn. Nun mi legas multe, ĉiutage (mia domo similas bibliotekon, ĉar mi havas grandan kvanton da libroj). Tamen mi ne sukcesas reorganizi mian vivon sen Manuel. Estis sesdek jaroj de mia vivo kune kun li kaj nun mankas al mi mia alia duono.

Bone, legado estas tre bona afero, ĉu ne?
Jes, ja [ridoj].

Bedaŭrinde nun, pro la kronviruso, ne eblas elhejmiĝi.
Prave, mi tre esperas, ke ĉio ĉi pasu for. Mi ankoraŭ ne ricevis la vakcinon.

---

prozo, krom *Monção* ŝi verkis novelaron aperintan samtempe en 2008 en la portugala (*A cidade e os dias*, "La urbo kaj la tagoj". Lisboa: Edições Leitor) kaj la kataluna (*La ciutat i els dies*. Vilanova i La Geltrù: El Cep i la Nansa Edicions). Kune kun De Seabra, ŝi kompilis la vortarojn *Diccionari portugués-català* (1985) kaj *Diccionari català-portuguès* (1989, ĉe la eldonejo Enciclopèdia Catalana).

10 *Pluralogo* (1996) kaj *Speguliĝoj* (1998) aperis ĉe La Kancerkliniko. Ankoraŭ en la traduko de *Musono* (2000) ili estas prezentataj: "En esperanto ŝi publikigis du originalajn poemarojn: *Pluralogo* kaj *Speguliĝoj*".

TEATRO

La ŝtuparo de amo
Imaga epilogo por la opero *La Bohème* de Puccini

Roluloj:

Muzeta – 20-25 jaraĝa muzikistino, amantino de Marcelo.

Marcelo – 20-25 jaraĝa pentristo.

* Muzeta kaj Marcelo estas fikciaj roluloj, kiuj aperas en la opero La Bohème de Giacomo Puccini (libreto de Luigi Illica kaj Giuseppe Giacosa laŭ romano de Henri Murger). En tiu ĉi epilogo oni aludas pri aliaj fikciaj roluloj el la sama opero: Rodolfo (poeto), Kolino (filozofo), Ŝaŭnardo (muzikisto). Ĉiuj aliaj aluditaj roluloj estas fikciaj kaj kreitaj speciale por tiu ĉi epilogo.

Subtegmenta ĉambro en Parizo, ĉirkaŭ la jaro 1830. Fenestro en la malantaŭa centra parto de la scenejo. Dekstre de la fenestro: tripieda pentrostablo. Maldekstre de la fenestro: pendigilo por vestaĵoj kaj ĉapeloj. Meze de la scenejo: tablo kun bovlo da kuketoj. Du neremburitaj seĝoj sen dorsapogiloj maldekstre kaj dekstre de la tablo. Amaso da pentraĵoj kaj kadroj en la maldekstra flanko de la scenejo. Bretaro por farboj kaj penikoj en la dekstra parto de la scenejo. Apud la bretaro, seĝeto kun malpura viŝtuko.

Muzeta sidas maldekstre de la tablo. Ŝi havas longajn robon kaj ŝalon, laŭ la modo de la 19-a jarcento. Marcelo staras ĉe la stablo kaj pentras ŝin.

MARCELO: Rigardu min, Muzeta. Ne, ne tiel. Klinu la kapon dekstren. Ne, ne. Movu vian seĝon iom dekstren.

MUZETA: Mi ne povas. Tro da pentraĵoj...

MARCELO: Mi helpos vin, karulino. Jen. *(paŭzo)* Muzeta! Muzeta! Ĉu vi ne povas vivi eĉ du minutojn sen enbuŝigi kuketon? Ĉu vi volas ke mi pentru vin plenbuŝan?

MUZETA: Pardonu, Marcelo.

MARCELO: Ĉu vi portas nun la ŝalon kiun Mimi brodis?

MUZETA: Jes. Jen, tiu ĉi floro estas ŝia lasta brodaĵo. Ŝi ne finis ĝin...

MARCELO: Kompatinda knabino. Kiom da tempo ekde ŝia forpaso?

MUZETA: Malpli ol unu jaro. Sed ŝajnas tiom longe...

MARCELO: Jes. Kvazaŭ la tempo gajnis pli da valoro kaj ni ne plu malŝparas ĝin tiom facile, ĉu ne?

MUZETA: Estas ja skue perdi karan amikinon samaĝan. Oni subite sentas sin pli aĝa, pli serioza...

MARCELO: Ĉu ni estas pli seriozaj? Ha, ha! Eble vi pravas. Almenaŭ Ŝaŭnardo ja fariĝis serioza.

MUZETA: Lin mi ne vidis jam delonge.

MARCELO: Kompreneble. Ekde kiam li havas edzinon, li laboras tage kaj nokte kaj apenaŭ havas tempon renkonti geamikojn... Baldaŭ ili havos infanon, kaj li estos eĉ pli okupita. Lin ne plu interesas nia gaja bohemia vivstilo...

MUZETA: Marcelo, aŭskultu. Ĉi-matene, kiam vi forestis, s-ino Adela venis ĉi tien.

MARCELO: Ĉu ŝi denove prokrastis la lecionon de sia filino? Muzeta, vi devus serĉi pli seriozajn lernantojn pri kantado, alie ni restos sen mono...

MUZETA: Ne, ne. Ŝi prokrastis nenion. Ŝi alportis inviton al...

MARCELO: Mi ne volas.

MUZETA: Kion vi ne volas?

MARCELO: Inviton al balo. Mi abomenas balojn de snobaj riĉuloj vestitaj kiel pavoj...

MUZETA: Sed ĉi-foje ŝi ne invitis nin al balo.

MARCELO: Des pli bone.

MUZETA: Ŝi invitis nin al spektaklo. La studentoj de Kolino prezentos la teatraĵon de Rodolfo...

MARCELO: Ho, la teatraĵo de Rodolfo! Ĝi nomiĝas "La ŝtuparo de amo".

MUZETA: Do vi scias! Kial vi ne diris tion al mi?

MARCELO: Mi forgesis.

MUZETA: S-ino Adela diris ke...

TEATRO

MARCELO: Sed kiel tiu fanfaronulino scias pri la teatraĵo de Rodolfo?

MUZETA: Kiel vi scias ke s-ino Adela estas fanfaronulino?

MARCELO: Ŝi estas riĉa, ĉu ne?

MUZETA: Jes, sed...

MARCELO: Do ŝi estas avara, vanta kaj fanfaronema. Ili ĉiuj estas tiaj. Kiuj ne estas tiaj, tiuj neniam riĉiĝas, bedaŭrinde. Tia estas la vivo.

MUZETA: Sed vi eĉ ne konas s-inon Adela! Ŝi simple naskiĝis en relative riĉa familio...

MARCELO: Aha, ŝi estas riĉa heredantino! Bele, bele! Kaj kiom da orfaj infanoj ŝi adoptis? Kiom da mono ŝi donacis por senhejmuloj? Kiom da...

MUZETA: Marcelo, ĉesu ironii! Ŝi ne estas riĉega, sed certe ne malriĉa, danke al sia laboro. Ekde kiam ŝi vidviniĝis, ŝi laboras honeste por eduki siajn gefilojn kaj certigi al ili decan vivon. Ŝi kapablas elspezi monon inteligente kaj prudente. Ŝi ne permesas al siaj infanoj malŝpari monon por senfinaj festenoj.

MARCELO: Aha! Do ŝi estas avara eĉ kun siaj gefiloj! Fi! Kia virinaĉo!

MUZETA: Ŝi ne estas avara. Ŝi laboras diligente kaj efike en sia antikvaĵ-vendejo. Vi ja scias ke ŝia filo studas filozofion en la universitato. Kolino ege aprezas lin. Eble ili kunlaboros baldaŭ...

MARCELO: Ho, ve! Ankaŭ Kolino jam fariĝis avara ekde kiam li ricevis universitatan postenon. Li baldaŭ fariĝos aĉa burĝo. Mi aŭdis ke li ricevis multe da mono pro sia libro pri Sokrato. Antaŭ ne tro longe, li kutimis kundividi kun geamikoj ĉion kion li gajnis, sed nun...

MUZETA: Nun li havas fianĉinon.

MARCELO: Ha, ha! Mi kompatas lin! Li havas malbelan riĉan fianĉinon, kaŭze de kiu li pasigas malpli da tempo kun geamikoj... Ha, ha! Kia fianĉino! Fraŭlino alta kiel ĝirafo, maldika kiel skeleto kaj miopa kiel talpo... kun unu okulo blua kaj la alia bruna... ha, ha!

MUZETA: Marcelo, ĉesu. Ĉesu prijuĝi haste homojn kiujn vi apenaŭ konas. Hazarde mi ja konas fraŭlinon Roza delonge. Mi scias ke ŝi estas mirinda persono, tre saĝa, tre klera kaj precipe ege bonkora. Ŝi pasiiĝis pri la verkoj de iu fama svisa pedagogo... mi forgesis lian nomon. Ŝi revas fondi elementan lernejon, tre modernan.

MARCELO: Jen! Kia revo en kapo de ĝirafo-talpo! Mi ne sciis ke vi konas ŝin tiom bone.

MUZETA: Hmm... Mi vidas ŝin malofte. Marcelo, mi tute malŝatas ke vi primoku mian amikinon. Ĉesu prijuĝi homojn haste...

MARCELO: Ĉesu manĝi kuketojn! Ĉu vi ne vidas ke vi dikiĝas pli kaj pli? Baldaŭ vi ne plu povos eliri tra la pordo, kaj vi restos kaptita ene de tiu ĉi ĉambro! *(paŭzo)* Kiam okazos la spektaklo kun la teatraĵo de Rodolfo?

MUZETA: Post du semajnoj. Ĉe la universitato. Ĝi estas inspirita de la libro de Kolino pri Sokrato. Mi trafoliumis la teatraĵon antaŭ kelka tempo ĉe s-ino Adela. Ĝi estas interesa. Temas pri juna poeto en antikva Grekio, kiu lamentas la forpason de sia amatino. Kaj li estas gasto en la domo de Sokrato, kie li renkontas...

MARCELO: Ho ve, kiom enuige! Terure! Do ĝi estas "filozofia" teatraĵo! Fi!

MUZETA: Nur iomete filozofia, ĉar ĝin prezentos studentoj pri filozofio.

MARCELO: Ha, ha! La plej enuigaj studentoj!

MUZETA: Marcelo, ĉesu ironii! Fakte la teatraĵo ne troigas pri abstraktaj ideoj. Ĝi estas kortuŝa kaj havas eĉ kelkajn komikajn fragmentojn... Cetere, sciu ke Roza alte aprezas la libron de Kolino.

MARCELO: Ho, mi komprenas. Do la plej enuigaj studentoj el tiu enuiga universitato prezentos enuigan teatraĵon verkitan de enuiga poeto, inspiritan de enuiga libro fare de enuiga doktoro pri filozofio, admirata de enuiga ĝirafo-talpo...

MUZETA: Ĉiuokaze enuigantoj estas pli simpatiaj ol malicaj primokantoj... Marcelo, ĉesu ŝajnigi vin pli malica ol vi fakte estas! Vi ja estas bona amiko de Rodolfo kaj Kolino, ĉu ne?

MARCELO: Nu... nu... Ne priatentu ĉiujn miajn ŝercojn. *(paŭzo)* La kompatinda Rodolfo estis terure skuita pro la forpaso de Mimi...

MUZETA: Jes. Mi kredas ke li havas konsciencriproĉojn, ĉar li ne zorgis sufiĉe pri ŝi. Laŭ mia scio, li sidis kaj rimigis "ploradas", "plendadas", "suspiradas"... kaj intertempe Mimi kuiris, purigis la ĉambron kaj eĉ dum la noktoj brodis multajn horojn ĉe la lumo de kandelo. Kaj ĝuste kiam ŝia malsano pligraviĝis, Rodolfo forlasis ŝin...

MARCELO: Ho! Kiu juĝas homojn haste nun? Vi konas tre malmulte pri Rodolfo! Dum la periodo kiam li vivis kune kun Mimi, li laboregis ĉiutage kiel ĵurnalisto kaj vespere kiel kelnero ĝis noktomeze. Li ankaŭ instruis la latinan al iu impertinenta filo de apotekisto. Tiamaniere, la knabo trapasis siajn ekzamenojn kaj Rodolfo ricevis multekostajn medikamentojn por Mimi. Laŭ mia scio, Rodolfo kaj Mimi interkonsente decidis separiĝi. Sed tio okazas kun multaj paroj. Ne indas ke aliuloj komentu tion. Ĉiuokaze, la fakto ke Rodolfo ofte forĵetas siajn verkojn, ne signifas ke li skribas ĉiam stultaĵojn. Tio signifas nur ke Rodolfo postulas multon de si mem. Li ambicias plibonigi sian arton.

MUZETA: Ho... Vere, mi ne sciis tiom multe pri Rodolfo. Ekde nun mi vidos lin per aliaj okuloj...

MARCELO: *(paŭzo)* Bonvolu ne silenti kiel marmora statuo. Via vizaĝo estas pli bela kiam vi parolas. Rakontu ion.

MUZETA: Kion mi rakontu?

MARCELO: Karulino, ne prenu tro serioze ĉiujn miajn vortojn. Kelkfoje mi ŝercas senpripense. Sed min ja interesas kion Rodolfo verkis. Ŝajnas ke la sufero maturigis lin, saĝigis lin, ĉu ne? Rakontu pri lia teatraĵo, rakontu...

MUZETA: Eble vi ĝuos la spektaklon pli, se ĝi estos plena surprizo por vi. Fakte, mi volis diskuti kun vi tre seriozan aferon. Mi volis diri ke...

MARCELO: Ne, ne. Mi ne volas aŭdi seriozajn aferojn. Vi estas pli bela kiam vi parolas pri bagateloj. Rakontu iomete pri la teatraĵo.

MUZETA: Mi legis nur fragmentojn el ĝi. Ne havis tempon legi ĉion.

MARCELO: Rakontu nur pri kion vi legis. Do, iu poeto vizitas la filozofon Sokrato. Kaj kio okazas tie?

MUZETA: En la hejmo de Sokrato, la poeto renkontas ankaŭ la maljunan Diotima, kiu estis la instruistino de la filozofo en ties juneco. La poeto rakontas al ili ke li trovis taglibron de sia forpasinta amatino, kaj legante ĝin li komencis pli profunde enamiĝi al ŝi, ĉar nur tiel li ekkomprenis ŝian animon. Do la poeto forbruligis ĉiujn siajn antaŭajn poemojn kaj komencis verki aliajn, por esprimi sian novan, pli profundan amon.

MARCELO: Blabla... blabla... Ĉu Rodolfo vere trovis iun taglibron de Mimi?

MUZETA: Mi ne scias. Aŭtoroj ne nepre identiĝas plene kun siaj protagonistoj. Sed certe Rodolfo daŭre obsediĝas pri Mimi... *(paŭzo)* La filo de s-ino Adela ludos la rolon de la poeto. Li estas tre emociita pri tio. Mi ankaŭ legis fragmenton kie Diotima parolas pri la tiel nomata "ŝtuparo de amo", kiu simbolas evoluigon de onia amo, leviĝon al pli spirita sento de...

MARCELO: Blabla... blabla... Tiu "ŝtuparo de amo" endormigas min. Muzeta, se vi endormigas min, mi neniam finos tiun ĉi pentraĵon.

MUZETA: Bone. Do eble vin amuzus aŭdi pri iu komika fragmento. La edzino de Sokrato aperas sursceneje kun balailo enmane kaj minacas frapi sian edzon! Ha, ha!

MARCELO: Ha, ha! Jes! Tio komencas esti interesa!

MUZETA: Ŝi riproĉas al li ke li estas hipokrita, ĉar li konsilas al siaj lernantoj fariĝi ĝuste tiaj, kiaj ili volus ŝajni por la okuloj de aliuloj. Sed ŝi diras ke ŝia edzo kondutas plej malsaĝe en la ĉiutaga vivo, kvankam li volus ŝajni saĝulo por aliuloj... Precipe ŝi riproĉas al li la maldiligentecon, la mankon de intereso pri la bonfarto de la familio... Interalie, ŝi diras ke li estas tiom maldiligenta ke li nenion skribas por siaj junaj lernantoj.

MARCELO: Ha, ha! Tio veras! Pri la ideoj de Sokrato kaj de lia instruistino, oni scias nur danke al atestoj de aliaj filozofoj.

MUZETA: Ĉiuokaze la poeto sentas ke li volus fariĝi tiom sentema kaj bonkora kiom lia amantino imagis lin en sia taglibro. La malkovro de tiu taglibro igis la poeton pli diligenta kaj altruisma, pli...

MARCELO: Bonvolu ĉesu manĝi, Muzeta.

MUZETA: Jes. Kaj Sokrato klopodas mildigi la ĉagrenon de la poeto, dirante ke eble morto estas la plej granda beno de la homaro... Sufiĉas, mi ne memoras plu. Mi nur supraĵe legis, sed la teatraĵo ŝajnas interesa. Rodolfo verkis belegajn versojn por la paroladoj pri amo kaj morto, sed la interveno de la kolerema edzino estas verkita en prozo.

MARCELO: Bone, ni certe ĝuos la spektaklon.

MUZETA: Marcelo, mi petas vin... aŭskultu serioze kion mi volas diri nun. S-ino Adela venis ne nur por inviti nin al la spektaklo. Tiuokaze ŝi ankaŭ proponis ion gravan por ni. Ŝi pretas aĉeti tuj dek kvin el viaj pentraĵoj por revendi ilin iam, kiam ŝi decidos. Ŝi proponas pagi por ili tiom da mono kiom sufiĉus al ni por lui komfortan triĉambran apartamenton en Parizo dum unu jaro. Krom tio, ŝi pretas organizi proprakoste aŭkcion por viaj aliaj 17 pentraĵoj. Ŝi supozas ke post la aŭkcio la prezo de viaj pentraĵoj altiĝos draste, kaj tiam vi povos aranĝi kun ŝi kontrakton eĉ pli favoran.

MARCELO: Aha! Do la riĉulino volas eltiri profiton el mia laboro, ĉu ne? Mia respondo estas: NE. Mi kapablas vendi miajn artaĵojn iom post iom. Neniu riĉulo profitos de mia honesta laboro.

MUZETA: Marcelo, vi ne havas sufiĉe da tempo por pentri kaj ankaŭ vendi. Vi ja estas talenta pentristo, sed maltalenta negocisto. Rigardu kiom da pentraĵoj amasiĝis ĉi tie. Ni baldaŭ sufokiĝos pro manko de spaco.

MARCELO: Kio? Ĉu unu ĉambro ne sufiĉas al vi? Ĉu vi ne scias ke mi estas malriĉa?

MUZETA: Marcelo... karulo... mi petegas vin! Faru etan paŭzon kaj diskutu kun mi serioze. Mi amas vin. Mi vere vere amas vin. Venu ĉi tien. Jes... sidiĝu. *(Ŝi sidigas lin fronte de la pentrostablo. Poste ŝi metas sian seĝon apud lin kaj sidiĝas tiel ke ili povu diskuti komforte sen turni la dorson al la publiko.)* Mi estas certa ke vi estas tre talenta pentristo kaj ja havas la kapablon emocii homojn pere de viaj verkoj. Ĉu vi memoras la tagon kiam Mimi forpasis? Tiam mi vidis en la ĉambro mian portreton. Ĝi troviĝis sur via pentrostablo. Vi faris ĝin laŭmemore, ĉar antaŭe vi ne vidis min dum kelka tempo. Kaj mi ŝajnis tiom bela en tiu portreto... tiom korŝire bela... ke mi ĵaluzis pri mia portreto. Ĉar ene de mi, mi sentis min egoisma kaj primokema, manipulema, frivola, kaprica, kelkfoje eĉ malica... Mi sentis ke mi ne meritas tiom da sincera amo kiom vi esprimis per via peniko. Mi subite havis deziregon simili al via pentraĵo, fariĝi tiu pura, naiva, sincera, tenera, kompatema Muzeta kiun vi imagis kaj vi amis. Mi ja estis tia antaŭ multaj jaroj, sed poste... tiu juna bela Muzeta vaporiĝis... Subite mi volis revivigi ŝin... Tial mi venis al vi tiutage, Marcelo. Vi helpis min regajni la veran belecon, kiun mi perdis tra la amaraj spertoj de la vivo. Por mi, vi estas magia pentristo, la plej eksterordinara pentristo kiu ekzistas. Sed talenton por vendi vi ne havas, karulo. S-ino Adela kapablas vendi viajn pentraĵojn. Lasu ŝin helpi nin...

MARCELO: Muzeta, dankon pro via talento de muzo, mi ja ŝatas kiam vi inspiras min pentri, sed mi neniam petis viajn konsilojn koncerne mian komercon. Tion mi faras laŭ miaj propraj decidoj.

MUZETA: Marcelo! Pripensu iom...

MARCELO: Mi diris NE! *(paŭzo)* Muzeta! ĉesu manĝi!!! Vi jam dikiĝis sufiĉe! Vi fariĝos kiel hipopotamino!

MUZETA: Bonvolu ne kriaĉi al mi.

MARCELO: Karulino, bonvolu kompreni... Mi ne ŝatas pentri dikajn virinojn...

MUZETA: Aha. Vi ne ŝatas dikajn virinojn. Se vi volas disiĝi je mi, diru la veron. Kaj diru tuj. Mi ne bezonas pretekstojn. Mi neniam altrudis mian ĉeeston al iu ajn. Mi enpakos kaj foriros. Mi manĝos kiom mi volos. Ha, ha! Mi faros kion mi volos. Neniun mi devas obei. Ha, ha! Mi eĉ ĝojas foriri.

MARCELO: Jen, jen... Vi ĉiam ekkoleras senkiale. Mi nur diris ke...

MUZETA: Vi diris ke vi malŝatas dikajn virinojn. Kaj mi estas dika, do vi jam malŝatas min. Kaj vi malŝatos min eĉ pli, ĉar mi manĝos pli kaj dikiĝos pli kaj pli kaj...

MARCELO: *(brakumas ŝin)* Muzeta! Karulino mia! Mi amegas vin kia vi estas. Vi estas frenezeta kaj kaprica... kaj jes, iom dika nun. Sed mi amas vin. Vi ŝajnas maltrankvila lastatempe... Viaj vangoj paliĝis. Lastnokte vi ekploris dormante. Ĉu vi malsanas? Diru, diru al mi.

MUZETA: *(ekploras)* Mi ne dikiĝis, Marcelo.

MARCELO: Ne gravas. Mi amos vin eĉ se vi dikiĝos. Ne ploru senkiale.

MUZETA: *(subite kaj rapide)* Mi ne dikiĝis, Marcelo. Mi estas graveda.

MARCELO: Kio?! *(longa paŭzo)* Kiom stulta mi estas! Ho, kiom stulta! Sed kial vi ploras? Kial vi sekretigis tion? Kial?

MUZETA: *(ploras pli kaj pli)* Mi amas vin. Sed mi foriros. Mi ne volas limigi vian liberecon. Vi ne konsentos vivi tage kaj nokte kune kun plorema bebo en tiu ĉi malgranda ĉambreto. Eĉ se vi konsentus, vi estus malfeliĉa. Vi volas bohemian gajan vivon... Kaj mi ne volas malfeliĉigi vin...

MARCELO: Ĉu vi freneziĝis? Kiel vi malfeliĉigu min? Mi... mi eĉ ne aŭdacis sonĝi pri tia bonŝanco! Nun mi ne plu timos ke vi forlasos min pro ajna stulta kaprico. Nun ni estas kunligitaj por ĉiam!

MUZETA: Kunligitaj? Por ĉiam? Ne. Neniu posedos min. Neniu tenos min en kaptilo.

MARCELO: Muzeta! Mi ne volas altrudi al vi ion ajn. Mi amegas vin. Mi vere ne meritas ke vi senigu min de la ĝojo zorgi pri vi kaj la infano. De kie venas al vi tiu stranga ideo ke mi volus teni vin en kaptilo? Mi amas vin, mi amos nian infanon, kaj mia patrino estos ravita! Ŝia plej granda deziro estas ke mi edziĝu kaj ŝi fariĝu avino! De kie venas al vi tiu stranga timo pri geedziĝo, timo pri patriniĝo, timo pri ĝojo...? Kial vi timas feliĉon? Kial?

MUZETA: Ne. Geedziĝon mi ne akceptos. Katenojn mi ne akceptos.

MARCELO: Muzeta, aŭskultu. Mi devas konfesi al vi ion kion vi ne scias. Mi ne konas mian patron. Li forlasis mian patrinon sen edzinigi ŝin. Li estis riĉulo, li fianĉiĝis al tre riĉa fraŭlino kaj eĉ rifuzis agnoski oficiale ke li estas mia patro. Mia patrino baraktis sola por kreskigi min. La fiulo malaperis el ŝia vivo, tuj kiam ŝi gravediĝis. Mi neniam forgesos, kiom malfacilan vivon mia patrino havis dum mia infaneco. Finfine ŝi sukcesis posedi atelieron pri kudrado kaj nun havas relative trankvilan vivon. Ŝi estas kuraĝa kaj energiplena virino.

MUZETA: Foje vi montris al mi portreton pri ŝi. Ŝi ja ŝajnis al mi forta kaj sendependema.

MARCELO: Jes, tia ŝi estas. Kaj ŝi amas min eĉ pli ol mi meritas. Mi estas tre bonŝanca havi tian patrinon. Tamen en la infaneco mi deziris ke mia patro aperu subite, por ke ankaŭ mi havu patron samkiel miaj amikoj. Sed mia patrino diris al mi firme ke ŝi delonge ne plu amas lin, do se li aperus, ŝi ne akceptus lin. Ŝi kutimiĝis vivi sen edzo kaj volas neniun alian viron en sia vivo. Malgraŭ tio, ŝi obsede deziras ke mi fariĝu bona edzo kaj bona patro. Kaj kial mi ne meritas edziĝi kaj zorgi pri nia infano? Kial vi volas forlasi min? Kial?

MUZETA: Kial?! Ĉu vi demandas kial?! Ĉu ni povos kreskigi infanon en tiu ĉi mizera subtegmento? Kien ni metos la lulilon? Ĉu super viajn pentraĵojn? Kiel ni vivos se vi vendos du pentraĵojn jare?

MARCELO: Aha! Nun vi riproĉas al mi ke mi ne estas riĉa!

MUZETA: Uf! Marcelo! Mi riproĉas al vi ke vi estas obstina. Mi riproĉas al vi ke vi havas malracian malfidon al homoj pli riĉaj ol ni, kvazaŭ ili ĉiuj estus ŝtelistoj, trompistoj, profitemuloj. Vi forgesas ke honesteco kaj malhonesteco ekzistas en ĉiuj sociaj tavoloj. Nun mi komencas kompreni vin. Iu fia riĉulo perfidis la amon de via patrino, ŝi kaj vi suferis pro tio... Tamen vi ne plu estas knabo, Marcelo. Nun vi ja kapablas prijuĝi homojn malpli infanece, ĉu ne? Aŭskultu... Ankaŭ mi volas fari konfesojn pri mia familia deveno. Mi naskiĝis riĉa, Marcelo. Jes, jes. Mi devenas de riĉa familio, eĉ pli riĉa ol tiu de Roza.

MARCELO: Kion vi diras?!

MUZETA: Jes, jes. Roza kaj mi estis najbarinoj pli-malpli samaĝaj kaj niaj gepatroj estis amikoj. Ni loĝis en la sudo, proksime de Marsejlo. Ni neniam vizitis lernejon. Niaj gepatroj dungis geinstruistojn kiuj vizitadis hejme gefilojn de riĉaj familioj. Kiam ni estis etaj knabinoj, iu instruistino edukis nin kune. Sed post kelkaj jaroj tio ne plu oportunis. Roza estis brila lernantino, ege studema, ege diligenta. Mi estis supraĵa, frivola, maldiligenta. Nur pri muziko mi talentis pli ol ŝi. Do, kiam ni iom kreskis, ni jam ricevis instruadon unuope, samkiel niaj pli aĝaj gefratoj. Ni havis la samajn geinstruistojn, kiuj vizitis nin alterne. Ni kreskis kiel fratinoj kaj kundividis ĉiujn niajn sekretojn. Roza sciis ke mi enamiĝis al nia instruisto pri muziko, sed ne perfidis mian sekreton.

MARCELO: Kiom vi aĝis tiam?

MUZETA: Roza kaj mi estis pli-malpli 15 jarojn aĝaj kiam li komencis viziti regule niajn familiojn. Ĝis tiam, ni havis iun maljunan instruistinon pri muziko, kiu transloĝiĝis. Kun ŝi ni lernis kanti kaj akompani nin per piano aŭ klaviceno. La familio de Roza havis grandan modernan pianon, dum en mia domo estis antikva klaviceno. Okazis tiel ke mi ŝategis la pianon de Roza, dum ŝin fascinis mia klaviceno, ĉar ĝi estis majstre pripentrita de elstara pentristo. Ni delonge interkonsentis ke niaj lecionoj pri muziko okazu alterne ĉe ŝia piano kaj ĉe mia klaviceno. Okaze de familiaj renkontiĝoj, ni kune muzikumis por distri ambaŭ familiojn. Sed mi progresis multe pli rapide ol Roza kaj estis aparte scivola pri la arto de komponado. Mi verkis poemojn kaj komponis laŭ ili melodiojn, sed por piana akompanaĵo mi bezonis lerni striktajn regulojn pri harmonio.

MARCELO: Strange. Kutime virinoj ne komponas muzikon.

MUZETA: Tion diris ankaŭ miaj gepatroj kaj eĉ primokis mian deziron krei mian propran muzikon. Kaj ĉiuj konatoj ridis pri tio. Ĉiuj krom nia nova instruisto pri muziko. Li konsilis al mi lerni komponadon kaŝe, ĝis mi progresos sufiĉe por fiere montri al aliuloj miajn realigojn. Mi estis tre danka al li pro tio, kaj iom post iom tiu sento de danko aliformiĝis en amon. Neniu alia viro interesis min, nur pri li mi pensis. Amo fariĝis la ĉefa temo de miaj poemoj, kaj tiuj poemoj aliformiĝis al kantoj pli kaj pli prilaboritaj... Mi neniam kuraĝis montri al la gepatroj miajn kantojn, ĉar ili malkaŝus mian sekretan amon. Tio daŭris ĉirkaŭ tri jarojn. Mi perfektiĝis rapide kaj entuziasme. La instruisto kolektis dekojn da amkantoj kiujn mi verkis dum tiu periodo. Li atendis ĝis li estis certa pri sia kapablo manipuli min, kaj tiam li proponis al mi edziniĝi kun li. Mi estis ravita. Miaj gepatroj tute ne. Ili volis riĉan bofilon. La instruistojn kiujn ili dungis ili konsideris kvazaŭ servistojn. Ili kondutis malestime kun mia amato kaj forpelis lin.

MARCELO: Kompreneble. Tipa vanteco de riĉuloj...

MUZETA: Li persvadis min forfuĝi kun li sen ilia konsento. Li diris ke ili pardonos min kaj ĉio iros glate. Mi fidis lin. Li ŝajnis al mi tiom saĝa... Li promesis geedziĝon, sed poste ŝanĝis la planon. Li diris ke li ja scias kio estas pli bona por ni ambaŭ. Li publikigis miajn kantojn subskribante ilin per sia nomo. Li diris ke tia maniere li protektas min kontraŭ primokantoj, kiuj pensus ke verkado de amkantoj ne taŭgas por deca virino. Mi akceptis ĉion kion li diris. Mi estis tiom naiva...

MARCELO: Ho, kara mia... Fakte, mi neniam demandis min kial virinoj ne kutimas komponi muzikon...

MUZETA: Nun vi komprenas. Oni malkuraĝigas ilin, samkiel oni malkuraĝigis min.

MARCELO: Kiom longe vi vivis kune?

MUZETA: Kelkajn monatojn. Ĝis mi gravediĝis.

MARCELO: Kio? Ĉu vi jam havas alian infanon?

MUZETA: Ne, ne. Sed aŭskultu. Kiam mi gravediĝis, li revenis kun mi al miaj gepatroj por ĉantaĝi ilin. Li trankvile klarigis ke neniu "deca fraŭlo" akceptus kiel edzinon malvirgan fraŭlinon kun infano, do li senhonte proponis "savi la honoron de la familio". Li postulis grandegan monsumon por edzinigi min kaj agnoski la patrecon de nia infano. Miaj gepatroj ekkoleregis kontraŭ mi, kriaĉis, diris ke mi makulis la prestiĝon de la familio...

MARCELO: Ho, karulino, karulino!

MUZETA: Mia patro frapis min, mia patrino malbenis min... Ĝis nun ŝia malbeno obsedas min kaj disŝiras mian koron... Mia amato faris neniun geston por defendi min. Li diris nur ke li ne perfortis min, ĉar mi ĝojege konsentis fuĝi kun li. Mi staris tie inter ili kvazaŭ fronte al tribunalo kaj ne scipovis senkulpiĝi. Mi ja kulpis pro amo.

MARCELO: Kara, kara mia...

MUZETA: Tiutage ŝajnis al mi ke mi vidas ilin unuafoje laŭ iliaj veraj vizaĝoj. Neniu zorgis pri miaj sentoj. La gepatroj zorgis nur pri la familia honoro kaj la fiulo zorgis nur pri mono. Mi sentis naŭzon, provis supreniri la ŝtuparon por atingi mian ĉambron, sed stumblis kaj falis. Neniu helpis min leviĝi. Sola mi leviĝis, sola mi supreniris la ŝtuparon, ellasante sangon sur ĉiun ŝtupon. Poste, en mia ĉambro mi vomis, sentis grandajn dolorojn kaj... abortis.

MARCELO: Karulino, karulino...

MUZETA: Servistino informis miajn gepatrojn pri la aborto. Kiom ili ĝojis! *(ploras)* Ho, ve! kiom ili ĝojis! Mia patro enŝlosis min kaj decidis sendi min al monaĥinejo kiel eble plej rapide. Mia patrino tuj trankviliĝis kaj iris ripozi.

MARCELO: Kaj li?

MUZETA: Li? Li simple foriris. Mi neniam vidis lin plu. Roza diris ke li transloĝiĝis en Germanion.

MARCELO: Kia kanajlo...

MUZETA: Feliĉe Roza savis min el tiu kaptilo. Ŝi donis al mi monon kaj ĉiujn siajn juvelojn, pagis sian serviston por ke li akompanu min al sekura loko... Post multaj aventuroj, mi alvenis al Parizo al ŝia kuzino, kiun mi bone konis delonge...

MARCELO: Ĉu viaj gepatroj ne serĉis vin?

MUZETA: Verŝajne ne. Mi lasis leteron en kiu mi skribis ke mi veturos ŝipe el Marsejlo por eniri hispanan monaĥejon. Se ili serĉis min en Hispanio, ili ne trovis min... Post tiu sperto, mi decidis konservi ĉiam mian sendependecon kaj neniaokaze edziniĝi.

MARCELO: Samkiel mia patrino. Malgraŭ tio, ŝi insistas ke *mi* edziĝu, por ke mi ne similu mian patron... Ŝi eĉ tedas min pri tio. Ho, karulino, kiom malfacilan tempon vi trapasis!

MUZETA: Vi ne povas imagi kiom helpema estis Roza dum tiuj aventuroj. Ŝi estas eksterordinara homo, ŝi disdonas lumon kaj bonecon ĉirkaŭ si. Sen ŝi, mi verŝajne ne kapablus supervivi... Vi dolorigas min kiam vi primokas ŝin...

MARCELO: Mi ĵuras ke mi ne plu primokos ŝin. Mi estos ĉiam danka al ŝi.

MUZETA: Mi ĝojas, Marcelo. Ho, vi ne povas imagi kiom Roza emociiĝis pro tio ke mi patriniĝos!

MARCELO: Ĉu ĉiuj niaj konatoj eksciis pri via gravedeco antaŭ ol mi?

MUZETA: Nur la virinoj rimarkis: ĉiuj najbarinoj, miaj lernantoj kaj iliaj patrinoj... Kiam Roza eksciis, ŝi volis donaci al mi etan vertikalan pianon, por ke mi povu instrui muzikon en mia hejmo kaj ne laciĝu irante ĉiutage al la lernantoj! Tiu naivulino pensis ke en nia ĉambro estus sufiĉe da spaco por eta piano! Ha, ha! Ŝi fantazias... Ŝi eĉ supozas ke mi kapablus denove komponi amkantojn, ha, ha! Ŝi ne komprenas ke mi delonge ne plu povas komponi... Nek vortoj nek melodioj plu venas en mian kapon. Mi pensas nur pri kiel savi la vivon de mia infano... Mi ne volas perdi ankoraŭ tiun ĉi... Nur pri tio mi pensas tage kaj nokte... Lastnokte mi sonĝis ke mi denove supreniras sangoplenan ŝtuparon... Ho, kia koŝmaro...

MARCELO: Via infano estos ankaŭ mia, Muzeta. Nun ĉar mi scias ke ni estos gepatroj... mi akceptos la proponon de s-ino Adela. Mi planis atendi ĝis mi progresos signife en mia arto, kaj nur poste okupiĝi serioze pri vendado. Sed nun la cirkonstancoj ŝanĝiĝis. Ni bezonas kiel eble plej rapide spacon por la bebo.

MUZETA: Dankon, Marcelo!

MARCELO: Mi pentros pli kaj pli multe kaj miaj pentraĵoj estos pli kaj pli bonkvalitaj. Kiel leono mi luktos por ke nenio manku al nia infano. Mi ne similos mian patron. Finiĝis mia frivola vivo. Mi estos patro. Patro! Mi estos alia Marcelo. Vi vidos. Kaj pri Roza vi pravas. Ŝi estas eksterordinara. Ŝia ideo estas genia. Jes, vi devas havi pianon. Jes, la amkantoj venos en vian kapon denove. Vi verkos amkantojn pri niaj infanoj, pri nia vivo kune... Mi volas fari portreton de Roza, por danki ŝin pro tiu ideo. Jes. La mondo plen-plenas je pentraĵoj pri fraŭlinoj kun du samkoloraj okuloj. Ŝi aspektas aparte.

MUZETA: Ĉu vere? Ĉu vi faros tion? Mi amas vin, mi amegas vin!

MARCELO: Do s-ino Adela scias ke vi estas graveda, ĉu ne? Ĉu pro tio ŝi proponis aĉeti miajn pentraĵojn?

MUZETA: Jes. Ŝi volas helpi nin, ŝi estas tre bonintenca. Ŝi ja kapablas aprezi artaĵojn, Marcelo. Ŝi antaŭvidas ke la prezoj de viaj pentraĵoj baldaŭ altiĝos draste. Komprenable, ankaŭ ŝi gajnos pro tiu aranĝo, ĉar ŝi revendos ilin kun granda profito. Sed ŝi meritas profiti, ĉar ŝi kuraĝas riski sian propran monon en la komenco kaj ŝi ja laboros por aranĝi aŭkcion. Ŝi uzos siajn rilatojn kun spertuloj pri pentro-arto. Vi ne kapablus senhelpe organizi...

MARCELO: Bone. Vi jam konvinkis min. Ĉi-vespere mi vizitos ŝin kaj ni aranĝos detalojn. Ŝi pagu por bela apartamento kun kuirejo, ban-ĉambro kaj balkono. Ho, mi nepre aĉetos por vi remburitan seĝon kun dorsapogilo. Vi bezonas sidi pli komforte. Kaj mi aĉetos freŝajn fruktojn. Vi bezonas kiel eble plej sanajn manĝojn.

MUZETA: *(eksploras pro ĝojo)* Dankon, Marcelo. Mi ege timis ke vi ne volos infanon...

MARCELO: Muzeta, mi petegas vin edzigi min. Ne punu min kaj vin mem pro malbono kiun faris al vi iu fiulo. Ni faru almenaŭ la plej simplan kaj rapidan geedziĝon! Aliokaze ni ĉagrenus mian patrinon... Mi volas ke ĉiuj kiuj amas nin ĝojiĝu, kiam naskiĝos nia unua infano. Estus domaĝe ke ĝuste mia patrino ne estu plene feliĉa tiam. Muzeta, mi ne volas enkaĝigi vin, eĉ male, mi volas liberigi vian muzikan talenton, por ke ĝi flugu libere, por...

MUZETA: Bone, bone, mi fidas vin. Mi konsentas edziniĝi. *(Marcelo brakumas ŝin)* Ho, lasu min... Ne premu min tiom forte... Vi taŭzas mian hararon... vi ĉifonigas mian robon... *(ridas)*

MARCELO: Ĝuste tian mi pentros vin. Mi komencos alian portreton. Atendu ke mi prenu novan tolon. *(Li metas novan tolon sur la pentrostablon.)* Staru ĉi tie. *(Li starigas ŝin antaŭ la tablo, kun la vizaĝo en la direkto de la publiko. Li forĵetas la viŝtukon kaj metas la seĝeton antaŭ ŝiajn piedojn.)* Mi laboros rapide, por ne lacigi vin longe. Metu unu piedon sur la seĝeton. Turnu la kapon al mi. Nur la kapon, ne la tutan korpon. Kaj bonvolu ne plu kaŝi vian ventron per la ŝalo. Mi volas pentri vin fieran kaj feliĉan pro via ventro.

MUZETA: Kial vi bezonas pentri ankaŭ la seĝeton?

MARCELO: Sur mia pentraĵo, la seĝeto estos ŝtona ŝtupo, ĉar vi supreniros ŝtuparon de ĝardeno. Malantaŭ vi, mi pentros balustradon kovritan per hedero kaj grimpantaj rozoj...

MUZETA: Ha, ha! La ŝtuparo de amo...

MARCELO: *(komencas pentri rapide, entuziasme)* Tiun ĉi portreton ni neniam vendos. Ne forviŝu viajn larmojn.

MUZETA: Ha, ha! En via pentraĵo mi havos ĉifonan robon! Mi aspektos dika, taŭzata, ruĝokula kaj ankaŭ larmanta...

MARCELO: Vi aspektos feliĉa, Muzeta. Vi estas la muzo de feliĉo! La muzo de *mia* feliĉo! Jes! Mi estas la plej feliĉa pentristo en la mondo!

MUZETA: *(ridas larmante)*

FINO

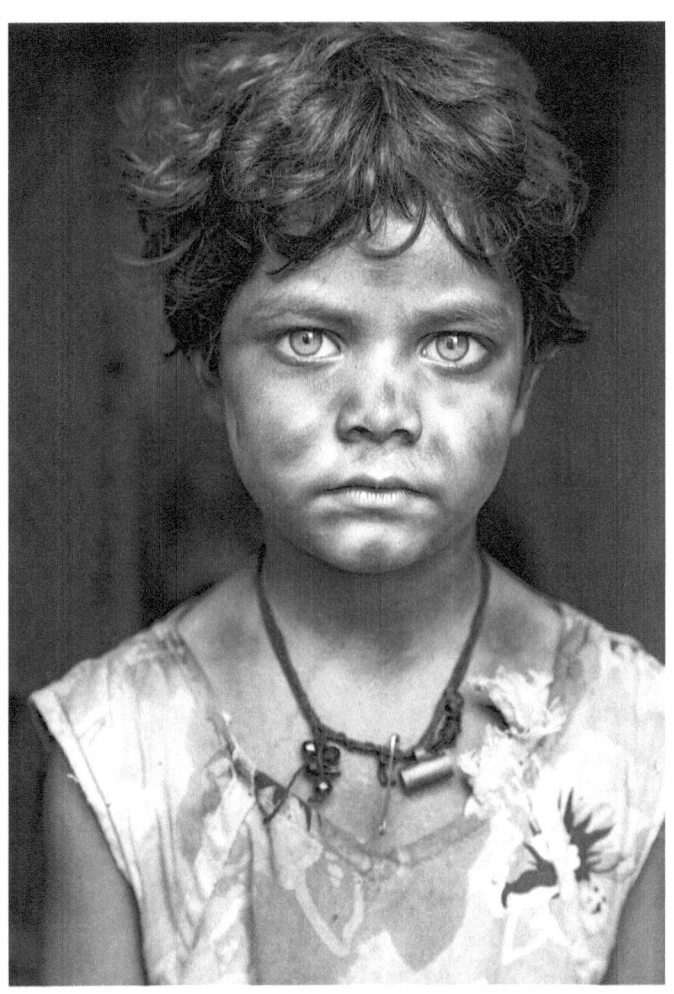

Literaturo kaj lingva evoluo[1]

de Wim Jansen

Enkonduko

Tiu ĉi eseo eliras el la esperantigo fare de Enrico Dondi (1935–2011) de *Infero*, la unua volumo de *La Dia Komedio* de Dante Alighieri, kiu aperis en 2006 post longa periodo de kovado kaj stagnado en la ombro de la traduko de Kalocsay (Alighieri 1933). En la sekva analizo, kiu ne estas recenzo, mi komparos kelkajn gramatikajn kaj leksikajn fenomenojn en la traduko de Dondi kun la natura evoluado, kiun Esperanto travivas kiel ĉiu alia socie uzata lingvo. En ĉapitro 1 mi donos koncizan priskribon de la ĉefaj strukturaj trajtoj de la originala itallingva *Inferno* kaj de la traduko *Infero*. Ĉapitro 2 traktos la gramatikon, kaj ĉapitro 3 la leksikon, inkluzive la vortfaradan sistemon, el kiu Dondi ĉerpis inspiron por fasoni sian tradukon. Ĉi tiuj ĉapitroj kovras fenomenojn, kiuj regule aŭ tre regule ripetiĝas tra la tuta verko. En ĉapitro 4 mi proponas konkludojn.

La celo de ĉi tiu eseo estas helpi kompreni kiel rolas literaturo en la evoluigo de la ĉiutaga lingvaĵo de Esperanto. Kiu celas palpi la limojn de la farleblo kaj permeseblo en la gramatiko, trovas en la poezio fekundan esplorterenon.

I. Originala kaj traduka strukturoj

La originalo de *Infero* kaj de la volumoj *Purgatorio* kaj *Paradizo* de *La Dia Komedio* de Dante Alighieri (1265–1321) estas fiksforma poemo konstruita el tercinoj, "trioj, kies [inaj] rimoj faras seninterrompan

---

1 La aŭtoro (vidu nekrologon sur p. 123) ankoraŭ intencis lastfoje relegi sian manuskripton kaj petis paciencon por tio per mesaĝo la 16-an de januaro, du-onmonaton antaŭ sia forpaso. Bedaŭrinde, relego lia ne plu eblas. Kun afabla permeso de la vidvino Marisa Jansen-Miglioli, ni aperigas la tekston en la tiama stato – *Red.*

ĉenon [de versoj] laŭ la skemo *aba bcb cdc d...*" (Kalocsay k.a. 2021: 81). Ĉiu originala verso estas dekunusilaba, kun unu firma akcento senŝanĝe sur la deka silabo kaj aldona akcento kutime sur la kvara aŭ sesa silabo. Post vorto, kiu portas unu el ĉi lastaj akcentoj, sekvas cezuro, kiu dividas la verson en du hemistikojn. Por sia esperantigo Dondi elektis la Esperantan version de la dekunusilabo. Kalocsay k.a. (2021: 57) priskribas ĝin kun ĉefakcentoj sur la kvara kaj deka silaboj, cezuro post la senakcenta kvina kaj pluraj kombinebloj de piedotipoj. La dekunusilabeco en la poezio de Dondi baziĝas sur silaboj, artikulacie difinitaj de la fonologia strukturo de la partoprenantaj vortoj. Tiu karakterizaĵo kontrastas kun la ritma silabonombrado en la itala, kiu allasas pli grandan artikulacian liberecon.

Vortoj, tiel morfologiaj kiel fonologiaj, longemas en Esperanto: mankas unusilabaj verboj, substantivoj, adjektivoj kaj korelativoj; malabundas unusilabaj adverboj. Ne mirigos, do, ke Dondi penis obeigi sian materialon al la striktaj formaj postuloj de la dekunusilabo, kiujn li starigis al si, t.e. premi la enhavon en forman kaj metran ŝablonon kun minimuma helpo de kelkaj establitaj poetikaj licencoj (vidu Kalocsay k.a. 2021: 83–85). Ĉi-sube mi traktos kelkajn gramatikajn fenomenojn en la traduko de Dondi, kiuj preteriras tiujn licencojn aŭ "formalajn permesojn" en la Esperanta poetiko, eĉ se ili ne necese reprezentas la unuajn atestaĵojn de tiaj preteriroj en la historio de la Esperanta literaturo. Mi nomos tiujn gramatikajn procedojn artifikoj, lertaĵoj laŭ PIV, sed pli neŭtrale, sen limigi tiun ĉi terminon al la PIV-a celo "imponi, iluzii aŭ trompi". Aldone mi revuos nombron da leksikaj novaĵoj, kvankam tiuj nur parte kontribuas al la kompaktigo de la materialo.

2. La gramatiko

2.1 Truo en la semantiko: ellaso de la artikolo *la*

Laŭ la unua regulo en la Fundamenta gramatiko, la artikolo *la* estas la indikilo de la semantika difiniteco de la substantivo, kiu ĝin sekvas. Per ĝia ellaseblo en *dubaj* okazoj (respondo 83B en Zamenhof 1990: 80) Zamenhof certe aludis ĉefe al semantike iom opakaj strukturoj kaj ankaŭ al la nehejmeco de denaskaj parolantoj de iu senartikola lingvo en la konvencioj, kiuj regas la uzon de *la* en Esperanto (kiuj, cetere, ne egalas inter si en tiuj etnaj lingvoj, kiuj posedas artikolon).

Tiu bonintenca konsilo, kiu direktis sin al la iamaj komencantoj en la lingvo, povis kaj povas iel funkcii en senpretenda interŝanĝo de informoj sur tiu nivelo, sed ĝi ne estas sekvinda en la literaturo, ĉu originala ĉu traduka. En ĉi lasta devas regi plena respekto, unuflanke por la celita senco de la originalo, aliflanke ankaŭ por la efektoj de la distingopovo de *la* en la traduklingvo Esperanto. Tio ne signifas kompletan malpermeson de okaza telegramstila neuzo de la artikolo, kian oni povas renkonti en artikoltitoloj aŭ en ĵurnalismeca lingvaĵo (*Vivo de Zamenhof*, Privat [2007], estas klasika ekzemplo), sed mi preferus, ke tiu stilo estu uzata konscie kaj ŝpareme, kaj en poezio ne tiel facilanime, ke ĝi aspektus kiel poetika licenco. Misellasoj de *la* ja povas ĝeni la fluan legadon kaj la deziratan komprenon de la mesaĝo. Ellasoj de *la* en *Infero* estas facile troveblaj. Jen kelkaj nepravigeblaj (la dezirindaj enmetoj estas indikitaj per rektaj krampoj): "kiam de [la] maro stranden li jam pasis" (I, 23)[2], "tra mi vi iras al [la] perdita gento" (III, 3), "Justeco gvidis [la] volon de l' aŭtoro" (III, 4), "kun iĺi multaj iris al [la] ĉielo (IV, 61), "«Mi vidis lin en [la] mondo», mi konstatis" (XVIII, 42) k.m.a. En ĉiuj tiuj okazoj la difiniteco de la koncernato (*maro*, *gento*, *volo*, *ĉielo*, *mondo*) estas eksterduba kaj neprigas la uzon de la artikolo (kiu evidente detruus la ritmon de la verso, se la kunteksto restus senŝanĝa).

2.2 Truoj en la sintakso

Mi difinas sintaksaj truoj tiujn lokojn en vortgrupo aŭ frazo, kie en proza lingvaĵo staras vorto, ĉu devige pro iu regulo, ĉu dezirinde por eviti miskomprenon. En ĉiuj ĉi-subaj ekzemploj mi identigos la truojn per enmeto de la mankanta elemento inter rektaj krampoj.

Mankas la ti-vorto en la korelativa paro ti- ki-

La uzon de nur la dua elemento en tiaj korelativaj parigoj priskribas la ne tro rigore formulita baza regulo de PMEG §33.4.3, kiu permesas la ellason de *ti-* antaŭ *ki-* en maloftaj okazoj kaj nur, se ambaŭ havas la saman gramatikan kazon. En la ekzemploj "ĝi puŝas min [tien], kie la sun' silentas" (I, 60) kaj "kaj vidos [tiujn], kiuj sidas kun kontento" (I, 118) la tradukinto lezis tiun regulon, ĉar en ambaŭ estas kazodiferenco inter la unua kaj dua elementoj de la paro. Kunteksta helpo estas

---

2 Mi sekvas la kutiman citmanieron por *La Dia Komedio*: nombro el romaj ciferoj indikas la kanton kaj tiu el arabaj ciferoj la verson en la koncerna kanto – *La aŭtoro*.

bezonata por komprenebligi la sencon, kaj ĝi ne mankas – sekve la neta gajno estas po du silaboj en ambaŭ versoj. Similajn ekzemplojn oni trovas plurloke tra la tuta verko.

Mankas la kopulo en predikato

Ekzemplojn ni trovas en "tie [estas] la urbo de la alta trono" (I, 128), en "demandis: «Majstro kio [estas] tia sono?" (III, 32), en "Nu, kiu [estas] vi en ĉi malpura ŝlimo?" (VIII, 35), en "Kia [estas] la puno sub la brila garno?" (XXIII, 99) k.a. Ĉiuj truoj estas klarigeblaj kiel drastaj provoj ŝpari silabojn, kaj la foresto de la semantike malplena kopulo *esti* kutime ne malhelpas facilan divenon de la celita senco de la esprimo.

Mankas la rekta objekto en predikato

Transitivaj verboj kun aganto en la subjekta rolo *povas* esti akompanataj de priagato en la objekta rolo (PMEG §30.3). La regulo ne specifas, ke tiaj verboj *devas* havi en sia predikato objekton. Fakte, estas konate, ke iuj verboj povas esti uzataj sen objekto, kiel *manĝi*: tiel *mi manĝas en la kuirejo* kiel *mi manĝas kukon* estas bonaj (sed, verdire, *manĝi* estas uzata kun du malsamaj signifoj). Ĉu tia uzeblo validas por ĉiuj transitivaj verboj, aŭ ĉu ekzistas semantikaj aŭ aliaj kriterioj, kiuj gvidas tiun decidon? En mia denaska nederlanda, la verbo *fari* ne nur povas, sed *devas* esti akompanata de rekta objekto, tiel ke la diraĵo *mi faras* estas nekompleta, do kontraŭgramatika. Kiel statas la afero en Esperanto? La traduko de Dondi montras multajn ekzemplojn de transitivaj verboj en atendebla duargumenta predikato, sed sen objekto. Laŭ mia lingvosento mankas anafora *ilin* en "Ekzilas [ilin] la ĉiel' por ne malbeli" (III, 40) post mencio de *anĝeloj* du versojn antaŭe; mankas *min* en "regalu [min] per informo pri alio" (VI, 78) post mencio de *mi* unu verson antaŭe; mankas *lin* en "kuŝas marborde, kien ondo portis [lin]" (XXX, 19) post mencio de *Polidoro* unu verson antaŭe. Pli ol ĉe mankanta kopulo, ĉi tie ĝenas min la nekompleteco de la diraĵo post *ekzili, regali* kaj *porti*. Restas la demando, ĉu eblas trovi universale akcepteblajn kriteriojn por distingi inter verboj, kiuj *devas*, kaj tiuj, kiuj *povas* havi rektan objekton en sia predikato.

Mankas la subjekto en predikato

Krom en kelkaj esceptaj okazoj (*pluvas; estus bone, se...; Cezaro venis, [li] vidis kaj [li] venkis* k.s.) subjekto devas ne manki en Esperanta frazo. Kie ĝi mankas ĉe Dondi, tie ofte temas pri kunordigo de du frazoj. Tamen, en "Se mi spegulo estus, pli detale / mi ne reflektus vin ol [mi] klare vidas, / kion en mens' vi pensas aktuale" (XXIII, 25–27) ne temas pri kunordiga konstruo en la dua verso, kaj *mi* ne devus esti ellasita. Indas mencii alian manifestiĝon de manko de subjekto (*ĝi*) en: "la majstro diris: «Tiu estas Kako: / loĝante sub la monto Aventino / [ĝi] la grundon faris ofte sanga flako" (XXV, 25–27). Estas malfacile diri, ĉu temas en tiuj ĉi kaj similaj okazoj pri konscia ellaso aŭ pri hazarda italismo (la ellaso de senemfaza pronoma subjekto). Ĉiuokaze, mi juĝas la ellason de la subjekto, ĉu plennoma ĉu pronoma, nek licenco nek akceptebla artifiko, sed gramatika mispaŝo.

2.3 Akuzativigo

Fine mi ĉerpis du fenomenojn el la sintakso de la teksto, kiuj estas nek tute novaj, nek ĉi tie tre vaste aplikitaj, sed kiuj, miaopinie, meritas atenton. Temas pri du tipoj de akuzativigo, kiuj klare celas ŝpari silabojn per la elimino de prepozicio, foje ankaŭ de la artikolo. Unu estas la akuzativigo de la objekt-genitivo, ekzemple en "tie grupiĝas la spitantoj Dion" (III, 108), en kiu *la spitantoj Dion* anstataŭas la pli longan *la spitantoj de Dio*, aŭ *tiuj, kiuj spitas Dion* (aŭ la sintezitan objekt-genitivon *Di(o)spitantoj*, sed en alia rimkunteksto). Aliaj tipoj estas la akuzativigo de adjekto, kiel en "Kiam alvenon de gravul' mi miris" (IV, 53), en kiu *alvenon* anstataŭas *pri la alveno*, kaj de nerekta objekto, kiel en "se nin amikus reĝo universa" (V, 91), en kiu *nin* anstataŭas *al ni*.

3. La leksiko

En tiu ĉi ĉapitro estas kolektitaj kelkaj leksikaj novaĵoj, kiuj ne troveblas en PIV. En 3.1 tiuj novaĵoj koncernas la uzon de neologismoj, tiun de signifovastigoj de ekzistantaj radikoj kaj de certaj partikuloj. En 3.2 mi revuos la vortfaradon per diversaj sufiksoj. En 3.3 mi dediĉos atenton al la tiel nomata senpera verbigo de radikoj aŭ partikuloj.

Neologismoj (ne-PIV-aj radikoj) raras. Mi notis *sifli* (=*fajfi*; XXII, 104), pri kies utilo mi dubas, kaj la italismojn *gelo* (=*frosto*; II, 128) kaj *ligno* (metonimio de *ŝipo*; III, 93), ambaŭ jam en la kaloĉaja traduko (Alighieri 1933), kaj *ostenti* (*emfaze montri, demonstri*; XXVIII, 20).

Notindas krome tuta aro da interesaj kaj eble utilaj signifovastigoj de ekzistantaj radikoj aŭ vortoj, kiel *eksponi* (=*klarigi*; I, 9), *kontraŭ* plus akuzativo (=*renkonte al*; XXVIII, 119), *separi* (=*disigi, apartigi* ne nur jure; XX, 43), *ŝtopo* (=*nodo, implikaĵo*; *volvaĵo*, XIII, 123).

Nerekomendinda ŝajnas al mi la italismo *gento* (III, 3 kaj ripete reuzita, ankaŭ jam kaloĉaja) kiel singulara substantivo kun la kolektiva signifo *personoj, homoj*. Aliaj signifovastigoj donas la impreson de urĝaĵoj pro manko de preta nuanceblo en Esperanto, kiel *frakasi* (III, 94) kun diversaj signifoj: *ĉagreni, (severe?) puni, turmenti, ruinigi* k.a.; kaj *ŝiri* (III, 43) uzata sendistinge por diversaj fenomenoj de (severa, ankaŭ nefizika) dolorigo: *turmenti, pezi sur iun, grati, tuŝi, vundi, verŝi sangon*. Pluraj neologismoj kaj signifovastigoj de ekzistanta materialo havas naturan ŝancon je disvastiĝo ankaŭ en la proza lingvaĵo, kaj ne necesas detali pli da ekzemploj. Interesaj ŝajnas al mi la laste menciitaj du signifovastigoj, kiuj povus esti signoj de bezonata leksika nuancado, kaj la sekvaj du fenomenoj, ne troveblaj ĉe Kalocsay:

– *ajn* en "kiuj ajn estas tiuj ĉi spiritoj?" (IV, 32) kaj ripete reuzita por emfazi la *k*-vorton en demando, t.e. la identecon de la pridemandato. Oni kutime uzas por tiu celo la partikulon *do*, ne *ajn*, kies funkcio estas emfazi la arbitrecon en la elekto de iu identeco. Ĉu dua signifo de *ajn* moviĝas direkte al alternativo por *do*?

– *se* en "... «Se domaĝe / la gamboj min subteni jam rifuzis, / la brako plu uzeblas avantaĝe»" (XXX, 106) kaj ripete reuzita ne kun kondiĉa, sed kun konceda signifo (*estu tiel ke, kvankam* k.s.).

Kontraŭe, la ambiguiĝo de *kioma* en "kioma malscieco vin ofendas" (VII, 71) kaj *tioma* en "ke ili plendas kun tioma forto?" (III, 44) kun kvantaj (*kiom da, tiom da*) anstataŭ vicordaj signifoj devus eble maltrankviligi nin (Kalocsay uzis *kia* kaj *tia*). Demando per *kiom* kaj la kvanta respondo (*tiom: unu, du, tri* ktp) kondukas al analogaĵo inter la vicordaj *unua, dua, tria* image provokitaj de *kioma*, kio siavice kondukas al nesimetrio inter la vicordaj *kioma* kaj *tioma* unuflanke, kaj nur kvantaj *ioma, ĉioma* kaj *nenioma* aliflanke. Subtenas tion la misuzo de la semantike malplena finaĵo -*a* por vortformaj celoj, sentebla ankaŭ en la manko de celkoncerna derivilo por la formado de la ordaj numeraloj *unua, dua* ktp.[3]

3.2 Vortfarado per sufiksoj

Kontraste kun la simplaj vortoj traktitaj en 3.1, la novaĵoj sur la kampo de la kunmetitaj vortoj klare celas ŝpari silabojn kaj kundensigi la materialon en la metran ŝablonon. En tiu ĉi ĉapitro mi limigas la atenton al tiuj artifikoj, kiuj speguliĝas en la neuzado de sufiksoj por derivi novajn radikalojn. Klare distingeblas kelkaj tendencoj, kiuj lezas la semantikon, sed kiuj estas samtempe allogaj kandidatoj por esti imitataj en proza derivado. Mi ne aparte traktos la ege buntan paletron de la kunmetaĵoj el radikoj, ĉar la observoj estas malfacile ĝeneraligeblaj, nek la ĉeeston de pluraj enkorpigaĵoj de radikoj, kiel la objekt-enkorpigoj *nazoleka* (XVII, 75), rekondukebla al *nazolekanta < nazoleki < nazon leki*; *brustleve* (XXII, 129) el *brustlevante < brustlevi < bruston levi*; *manĝoporto* (XXXIII, 44) el *manĝoporti < manĝon porti* k.a., kies teoria bazo en la esperantologia literaturo estas ankoraŭ mallarĝa (Jansen 2022).

Ripete manifestiĝas la kontraŭgramatika ellaso de tri sufiksoj, nome de -*ej*, -*il* kaj precipe -*ul*. Mi citos nur po unu ekzemplon: *eniro* signifanta *enirejo* en "Tie la eniro!" (VIII, 81, same ĉe Kalocsay); *flugo* signifanta *flugilo(j)* en "ke vi sur mar' kaj tero flugon svingas" (XXVI, 2); *similo* signifanta *similulo* en "kiam okazos ke persono klaĉa / kverelos tiavorte kun similo" (XXX, 146–147). En multaj kunmetitaj propraj nomoj mankas -*ul*: *Misagordo, Krispabarbo* k.m.a. Dondi ripetas ĉi tie la kaloĉajan uzon. Estas lingvoj, en kiuj la struktura ekvivalento de *krispa-barbo* estas uzata kiel ekzocentra kunmetaĵo por indiki *personon, kiu portas krispan barbon*. Ne tiel, tamen, funkcias Esperanto, kiu postulas la uzon de la personindika sufikso -*ul*, kiu siavice kombiniĝas kun la ekzocentra radikalo *krisp(a)barb-* de la semantika kategorio de la (adjektiviĝemaj) kvalifikoj. La uzo de multaj tiaj propraj nomoj de demonoj en la kantoj XXI kaj XXII lezas tiun regulon, sendube pro la neceso de kompaktigo. Tamen, ilia vera signifo estas kuntekste facile divenebla.

---

3   Mi bazas min ĉi tie sur funkcigramatika priskribo de la Esperanta vortfarado, kiu diferencas de la Akademia – *La aŭtoro*.

Dum la dudeka jarcento la esperantologio apenaŭ sekvis la evoluojn en la tutmonda lingvistiko, kio reflektiĝas ne nur en certa nekonateco de nuntempe uzataj konceptoj, sed ankaŭ en la uzado de nestabila terminologio por vortumi tiujn konceptojn. La t.n. senpera verbigo estas unu el tiuj. En tiu ĉi paragrafo mi uzas ĝin tre limigite kun la signifo de "verba uzo de radikoj, kiuj estas entoj, kies primara sintaksa uzo estas substantiva". La teksto de Dondi donas ankaŭ kelkajn ekzemplojn de gramatikaj vortetoj en verba apliko. La senpera verbigo, same kiel la sensufiksa vortformado en 3.2, celas la kompaktigon de la lingva materialo.

La sekvanta rikolto de ekzemploj de senperaj verbigoj el 37 entaj radikoj kaj el 5 gramatikaj vortetoj listigas la koncernajn infinitivojn de diversaj trovitaj verboformoj. La kolekto entenas verbigojn, kiuj estas netroveblaj en PIV aŭ kies PIV-e registrita signifo estas nekonforma al la ĉi tie trovita uzo en *Infero*. El tiuj 42 verboj la sekvantaj 24 havas signifon bazitan sur nemateria semantika kontribuo, kiu longe preteriras la atribuan funkcion, kiun mi konsideras la kerna propraĵo de kopulo (ekz. *aŭtori = esti aŭtoro*): *alteri* (*=fali teren*; XXV, 121); *braki* (*=brakumi*, XXXIV, 70); *ĉui* (*=demandi*; III, 72); *denti* (*=ekmordi*; VIII, 63); *ekvorti* (*=ekparoli*; XXVII, 122); *elbuŝi* (*=elbuŝigi, diri*; XXIV, 46); *imperii* (*=imperiestre regi*; V, 60); *jeni* (*=troviĝi*; XXXI, 83); *kiali* (*=klarigi*; X, 112); *magii* (*=praktiki magion*; XX, 123); *malĉeni* (*=deĉenigi, elĉenigi*; XXII, 122); *metii* (*=praktiki metion*; XX, 119); *okuli* (*=okulumi, ĵeti rigardon*; VIII, 66); *pesti* (*=ĝenegi*; XVIII, 108); *piedi* (*=piediri*; IX, 104); *preteri* (*=preteriri*; XVIII, 83); *prizoni* (*=teni kaptita en prizono*; XI, 19); *retroi* (*=retroiri*; VIII, 92); *revorti* (*=respondi*; XXIII, 94); *ruini* (*=stumbli/fali malsupren*; I, 61); *sagi* (*=trafi per sago*; XIV, 59); *turniri* (*=partopreni en turniro*; XXII, 6); *voĉi* (*=diri*; XVIII, 121); *vorti* (*=vorte esprimi, paroli*; VI, 40). Samloke aperas en la kaloĉaja traduko nur *braki* kaj *denti* kiel senperaj verbigoj.

Kiel dirite, ne ĉiuj aperoj de ĉi-supre estas necese la unuaj historiaj atestaĵoj, sed valoras la penon ĉiam denove registri tion, kio facile konvenciiĝas laŭ la modelo, kiun proponas la literaturo, atentigi pri la devio de eventuala jam havebla priskribo (ekz. *denti* en PIV) kaj emfazi la arbitrecon de ekz. *preteri* kun la signifo *preteriri*. Se *preteri* estus kreita en hazarde tute alia kunteksto ol la donita, ĝi povus same facile – do, same arbitre – naskiĝi kun la signifo *preterlasi, preteratenti* aŭ iu alia.

Ĉar la senpera verbigo ofte ŝparigas al verkanto/tradukanto silabojn kompare kun alternativa priskriba aŭ kunmetita predikato, ĝi manifestiĝas kiel alloga koncizigilo en la poezio: la traduko de Dondi enkondukas 42 novajn verbojn aldone al la PIV-e registritaj senperaj verbigoj (multaj el tiuj, cetere, sen sistema semantika rilato al la fontradiko). En 18 okazoj la verbigo enkadriĝas en la norman vortforman teknikon en Esperanto. Ekzemplo estas *obstakli* en "kvankam vi obstakli penis" (XXI, 81), signifanta *kvankam vi penis esti obstaklo* (pura atribuo de la ento; ĉe Kalocsay "malgraŭ ĉiu via baro"). Sed en 24 okazoj ilia signifo ne estas rekte deduktebla el la materia enhavo de la radik(al)o laŭ iu universala vortforma regulo. Ilin oni devas aparte lerni.

4. Konkludoj

La gramatikaj kaj multaj leksikaj novaĵoj en la ĉapitroj 2–3 aldoniĝas al la rekonitaj konvenciaj licencoj, kiujn Dondi aplikis por ŝpari silabojn kaj krei aŭ savi la deziratan metron. Inter la konvenciaj licencoj facile troveblas ĉe li ekzemploj de la elizio *l'* de la artikolo *la*. Okaze li aplikis ankaŭ la apokopon, la eliminon de la substantivfina *o* (nur en la singulara nominativo), markita de apostrofo. Ne celante inkludigi en la temaron de ĉi tiu eseo ankaŭ la poetikon mem, mi tamen demandas min, kial Dondi ne uzis kromajn artikulaciajn licencojn kiel la sinerezon (Kalocsay k.a. 2021: 83, §90) kaj la krazon aŭ sinalefon (Dahlenburg 2013: 154, 232), kiuj estas kurantaj licencoj en la itala poezio. Ili ŝajnas al mi tre aplikindaj en la sone simila Esperanto, en kiu la ĝena interveno de glota halto inter du koliziantaj vokaloj ne estas preskribita, kaj ankaŭ ne ĝenas ĝia entuta neuzo (eo.wikipedia.org/wiki/Glota_halto). Ĉu Dondi estus povinta uzi pli da artikulaciaj licencoj (kiuj ne lezas iun gramatikan regulon) kaj malpli da gramatikaj artifikoj (kiuj ja riskas lezi regulon), kaj ĉu la rezulto estus poezie pli bela? Jen nerespondebla demando.

Inter la observitaj artifikoj elstaras la antaŭenmarŝo de la senpera verbigo kun dudeko da novaj verboj en tiu ĉi unusola traduko (ne ĉiuj trovaĵoj estas premieroj), fenomeno, kiu degradas la rolon de la radikoj, kiuj pli kaj pli ofte montras sin heterosemaj. Prezentiĝas sufiĉe insiste la nefeliĉa ellaso de la artikolo *la*, la nekondiĉita ellaso de la *ti*-vorto en la paro *ti*- *ki*-, nova rolo por *ajn* komparebla kun la emfaza *do*, konceda *se* kaj okaza rezigno pri la sufiksoj *-ej*, *-il* kaj *-ul*, verŝajne (se ne, kial, do?) surbaze de ia argumentado inspirita de la "sufiĉo kaj neceso" de la restanta radik(al)o. Ĉiu artifiko spegulas la evolustadion de la lingvo en tiu periodo, kiam Dondi, kiel konscia kaj kompetenta uzanto de Esperanto, estis verkanta sian tradukon. Konvenas rekonfirmi ĉi tie, ke Dondi, preparante la esperantigon de la kompleta trivoluma *Dia Komedio*, por la unua volumo, *Infero*, ne limigis sin al "postredakto" de la laŭdata kaloĉaja traduko, sed kreis novan aŭtonoman tekston, kiel prave rimarkigis Carlo Minnaja en sia recenza eseo (Minnaja 2010). Sufiĉas ĵeti rigardon al ambaŭ versioj, al la uzitaj vortoj kaj rimoj, por konvinkiĝi pri ilia malsameco. Interese, mia limigita gramatika komparo inter la du versioj surbaze de la kriterioj en ĉapitro 2 subtenas tiun tezon. En tiuj frazoj, kiujn mi citas por ilustri iun artifikon, Kalocsay plejparte ne ellasis la artikolon, ne ellasis *ti*- antaŭ *ki*-, havas malpli da senkopulaj predikatoj, multe malpli da senobjektaj predikatoj kaj eĉ ne unu sensubjektan predikaton. Mankas ĉe li ankaŭ la modelo de akuzativigo, kiun mi ilustris en ĉapitro 2.3, kaj mankas, en la cititaj pozicioj, preskaŭ ĉiuj senperaj verbigoj. Provizore mi prenas ĉion tion kiel konfirman indikon, ke la ĉi-trovita evolustadio de Esperanto estas efektive tiu de la periodo de Dondi (1987–2006)[4], jardekojn poste al tiu de Kalocsay (ĉirkaŭ 1930).

Se ni akceptas, ke la literaturo estas unu el la faktoroj, kiuj kontribuas al la pluevoluigo de la lingvoj, ĉiuj novaĵoj kaj artifikoj de Dondi havas ŝancon tralikiĝi en la ĉiutagan lingvaĵon.

Literaturo

Alighieri, Dante. 1933. *Komedio. Unua parto: Infero.* Budapeŝto: Literatura Mondo. Esperantigo de la itala originalo fare de K. Kalocsay.

Alighieri, Dante. 2006. *La Dia Komedio: Infero.* Chapecó-SC, Brazilo: Fonto. Esperantigo de la itala originalo fare de Enrico Dondi.

Dahlenburg, Till-Dietrich. 2013. *Figuroj retorikaj en beletro esperanta.* Novjorko: Mondial. Dua, korektita kaj ampleksigita eldono.

---

4   Laŭ mia takso, t.e. la periodo inter la apero de *Itala Antologio*, kiu enhavas du kantojn de *Infero* ankoraŭ tradukitajn de Kalocsay, kaj 2006, kiam aperis *Infero* de Dondi – *La aŭtoro*.

Itala Antologio. 1987. Redaktita de Giordano Azzi. Milano: Cooperativa Editoriale Esperanto.

Jansen, Wim. 2022. Enkorpigado kiel vortfara metodo en Esperanto. *Esperantologio,* nova serio 3(11): 55–77.

Kalocsay, K.; G. Waringhien; R. Bernard; N. Ruggiero. 2021. *Parnasa Gvidlibro.* Pisa: Edistudio. Kvara eldono.

Minnaja, Carlo. 2010. Dante laŭ Dondi. *Beletra Almanako* 7:77–91.

PIV 2020 konsultita ĉe vortaro.net.

PMEG 2022 konsultita ĉe bertilow.com/pmeg/menuo.html, versio: 15.3 de la 5a de majo 2022.

Privat, Edmond. 2007. *Vivo de Zamenhof.* 6a eldono red. de Ulrich Lins.

Zamenhof, L. L. 1990. *Lingvaj Respondoj Konsiloj kaj Opinioj pri Esperanto.* Tokio: Ludovikito. Sepa eldono.

Zamenhof, L. L. 2007. *Fundamento de Esperanto.* Pisa: Edistudio. Dek unua eldono.

De spacveturo al Esperanta vortordo[1]

de Ulrich Lins

Simile kiel multaj, en kies vivo Esperanto ludis rolon, ankaŭ Wim Jansen (1948-2024) transprenis de siaj gepatroj ankoraŭ duan lingvon. La knabo estis frue stimulita per rigardoj al la impona patra kolekto de Esperantaj libroj. Plenkreskinte, li dank' al Esperanto konatiĝis kun la italino Marisa, kun kiu li edziĝis en 1973 kaj dum jardekoj kunvivadis; la familion konsistigas tri gefiloj kaj ok genepoj. Ankaŭ ne estis neordinara fenomeno, ke li antaŭ sia profesia kariero aktivis en la movado. Ekde 1966 li estis dum kvin jaroj prezidanto

de la sialanda sekcio de TEJO, do de Nederlanda Esperanto-Junularo. En 1973/74 li formis kun Simo Milojević kaj la subskribinto redaktoran tri-opon, kiu prizorgis la revuon *Kontakto*.

Poste la atento de Wim Jansen koncentriĝis al la profesio. Post studo en la Teknika Universitato de Delft li kiel aerospac-inĝeniero iĝis en 1974 dungito de la Eŭropa Kosma Agentejo (ESA), por kiu li laboris dum preskaŭ 25 jaroj. Li respondecis pri scienca eksperimentado en la

---

1 Unua versio aperis ĉe liberafolio.org/2024/02/11/spacveturo-kaj-vortordo .

kampo de esplorado pri senpezeco ĉe senpilotaj kosmoŝipoj sovetiaj kaj rusaj. En libera tempo li kultivis sian interesiĝon pri lingvoj; li scipovis ok. Iun tagon, post kiam ekestis problemoj pri buĝetaj limigoj, Wim Jansen iris al siaj superuloj kaj deklaris, ke nun li volas fari ion tute alian. Li eksiĝis el ESA kaj fariĝis sendependa lingvoinstruisto kaj esploristo. La decidon pri memstariĝo faciligis la fakto, ke ESA tra la jaroj ekipis lin per bona salajro. Novan karieron malfermis la studado de lingvoscienco en la Universitato de Leiden. En 1989 li magistriĝis en kompara lingvistiko, kun specialiĝo pri la vaska (eŭska) lingvo. Li estis la unua, kiu aŭtoris vortaron vaskan-nederlandan (1996). En 2002 aperis enkonduko lia en la vaskan por la usona merkato, li kunaŭtoris lernolibron de la vaska por esperantistoj (2016) kaj la kolekton *Mil eŭskaj proverboj* (2018). Pli kaj pli ree antaŭenŝoviĝis ankaŭ Esperanto. Ankoraŭfoje Jansen ŝanĝis universitaton: en 2007 li doktoriĝis en la Universitato de Amsterdamo pri la vortordo en Esperanto.

Samloke jam estis establita (en 1998) speciala katedro pri inter-lingvistiko kaj Esperanto, kiun komence sponsoris Internacia Esper-anto-Instituto en Hago. Kun samlandano, la juristo Hans Erasmus (1933–2020), kiu estis la ĉefa arkitekto de la katedro, li proksime rilatis ekde 2002. Rezulte de tiu regula kunlaboro Wim Jansen en 2009 mem transprenis la katedron. La universitato publikigis lian inaŭ-guran paroladon nederlandlingvan, al kiu li senhezite donis la titolon "Esperanto, la aminda lingvo". Daŭre lia agado efikis ankaŭ eksteren. Sub la titolo *Relax!* en 2002 libroforme aperis de li nederlandlingva kolekto de polemikaj artikoloj pri la pozicio de la nederlanda lingvo, minacata de la angla. En 2008 Wim agis kiel rektoro de la Interna-cia Kongresa Universitato en Roterdamo. Pri diversaj temoj, de Es-peranta gramatiko ĝis lingvopolitiko, li publikigis angle en fakaj revuoj kaj, kadre de la kunvenoj de la Societo pri Interlingvistiko, prelegis germane en Berlino. Li kunlaboris kun kolegaj institucioj en Liverpool kaj Poznań. La katedrulo Wim Jansen montris sin same aŭ simile atentema kaj konscienca kiel en la aliaj etapoj aŭ sferoj de sia vivo. Peton, ke li reprezentu UEA en projekto de Eŭropa Unio pri multlingveco li bonvole akceptis, sed post nelonge sciiĝis, ke la studgrupo eklaboris sub "unuflanke diktitaj gvidlinioj, kiuj lasas ne-nian spacon al la serioza pristudo" de la projekta temaro kaj ke la ĵus okazinta lanĉa konferenco estis "de katastrofe malalta nivelo". Wim

Jansen tial deklaris sian eksiĝon el la studgrupo kaj rekomendis al UEA ĉesigi la kunlaboron.

En 2013 Jansen, atinginte la aĝon de 65, retiriĝis de la universitata instruado. Li helpis aranĝi, ankaŭ por la bono de la posteulo Federico Gobbo, ke la financado de la katedro transiris al UEA. La vivofino disponigis al li pli da tempo por vojaĝado, kutime kun sia edzino Marisa. Dufoje ili vizitis pensiulon en Bosnio-Hercegovino: la eksan ĝeneralan direktoron de UEA, Simo Milojević. "Ni multe ridis", raportis Simo pri siaj konversacioj kun Wim, kiu en aŭtuno 2021 estis lia lasta esperantista vizitanto. Pasintjare en *BA47* aperis eseo de Wim Jansen, "Sur neŭtrala lingva fundamento"; temas pri impresoj ricevitaj dum liaj vojaĝoj al eksjugoslaviaj landoj. La publikigon de plia eseo, "Lingvo kaj literatura evoluo", li ne plu ĝisvivis; ĝi aperas postmorte en tiu ĉi numero. Post lia forpaso la plej granda nederlanda ĉiutaga gazeto, *De Telegraaf,* prezentis lin per longa artikolo. La Universitato de Amsterdamo dediĉis al li ege simpatian nekrologon, kiu speciale menciis inter la kvalitoj de Wim Jansen, ke li praktikis "zorgan kaj elegantan lingvouzon" kaj kapablis demonstri tion plurlingve.

Himno al la vivo
Rememoroj pri kolego

de Jan Gielkens
(el la nederlanda tradukis István Ertl)

Willem Verloren van Themaat (1931–1996) estis matematikisto, aktiva nederlanda esperantisto, ambaŭlingva aŭtoro kaj tradukanto. Ofte ni malsufiĉe konas la elstarulojn de nia komunumo, kaj ekstera vidpunkto povas kontribui per originalaj aldonoj. Jen memoraĵoj[1] de Jan Gielkens (1952), nederlanda "historiisto, tekstosciencisto, tradukisto kaj librokomercisto", el la nederlandlingva *Filter*, revuo pri la praktiko kaj teorio de tradukado.

Filter, kaj la papera kaj la cifereca, publikigas foje vivoskizojn de beletraj tradukistoj. Temas pri tradukistoj konataj kaj rekonataj, sed ankaŭ pri produktivaj sed maljuste forgesitaj kolegoj el la pasinteco. Ekzistas ankaŭ pliaj kategorioj de tradukistoj kiuj meritus biografian skizon. Sed tradukistoj multnombras, kaj tial multaj kolegoj sinkas sub la surfacon de atento. Pri unu tia droninto mi volas paroli hodiaŭ. Ne tiom ĉar laŭ mia konkludo lia traduka vivoverko alte valorus, sed ĉar en malproksima pasinteco mi ja renkontis lin kaj hazarda evento nun rememorigis min pri li.

Tiu hazardaĵo estis libreto stencilita kaj agrafita, de grandeco A5, kiu – laŭvorte – elfalis el aliula libroŝranko. *Constructies* ("Konstruoj") ĝi titoliĝas, kaj ĝi estas poemaro. La unua poemo, "La diino de amo", meritas esti citata tutece, sed mi kontentiĝos per la unuaj du strofoj:

> Akvo kaj algoj
> Ŝin levis al lum',
> Sin ĉirkaŭtordis
> Sin daŭre volvis
> Al praa lum'.

---

1 tijdschrift-filter.nl/webfilter/vrijdag-vertaaldag/2018/week-31-jan-gielkens

La sem' ŝiakorpen
  Algluis sin
En sia drivo.
   Ŝi estis vivo,
      Ŝi estis in'.[2]

Nu, kion pensi pri tio? Vi estas pli-malpli la unua kiu legas ĉi tion, ĉar eĉ ne unu biblioteko posedas ĉi tiun libreton[3], la eldonkvanto devis esti minimuma. La kajero mem informas kiel ĝin mendi: petebla de la aŭtoro, kaj oni povas ankaŭ ĝiri monon. Sed tio legeblas nur se oni jam havas la libreton – mi suspektas ke la aŭtoro ĉefe disdonadis ĝin. Estu kiel ajn: ankaŭ en la postaj partoj de ĉi tiu sep-strofa poemo troviĝas kelkaj fortaj frazoj, kaj okazas multo: "Momenton ambaŭ / kunas kaj puras", kaj poste "Ŝi filon naskis!", ĉar "Kiu ŝin vidis, / kun ŝi pariĝis, / sed volis ŝi pli".[4]

Ĉi tiun poemeton kaj la aliajn dek naŭ en la libreto oni apenaŭ povas legi sen sulki la brovojn, eĉ se oni havas kelkajn informojn pri ilia aŭtoro, Willem Verloren van Themaat (1931–1996). Li estis dum kelkaj jaroj kolego de mia edzino, kaj tiel mi ekkonis lin, eĉ se nur el-distance. Poste mi renkontis lin ankaŭ persone, sed tiam en alia kun-teksto. Verloren van Themaat doktoriĝis pri matematiko, per la tezo *Räumliche Vorstellung und mathematisches Erkenntnisvermögen* ("En-spaca imagado kaj matematika ekkonkapablo", 1963, Universitato de Amsterdamo), verkita kaj – mi supozas – defendita en la germana lingvo, publikigita kun resumoj nederlande, angle kaj en Esperanto. Ĉi lasta tial ke Verloren estis dum sia tuta vivo propagandisto de ĉi tiu artefarita lingvo, estante produktiva tradukisto, sed ankaŭ verkanto de severaj leteroj de leganto pri – laŭ lia percepto – miskomprenoj

---

2   Water en wieren
       Hieven z' in 't licht,
    Bleven z' omzwieren
       Één met 't ontvieren
          Prillens van 't licht.
't Zaad dat haar dreven
       Winden op 't lijf
    Bleef om haar kleven:
       Zíj was het leven,
          Zíj was het wijf. – *Ĉiuj notoj estas de la tradukinto.*

3   Mi trovis tamen indikon ke ĝin posedas almenaŭ Poëziecentrum Nederland: poeziecentrumnederland.nl/paginas/documents/VerlorenvanThemaatW.A..pdf

4   'n Ogenblik beiden / Zijn saam één schoon' (...) 'Zíj kreeg een zoon!' (...) 'Wie haar ontwaarde, / Wou dat z' hem paarde, / Maar zij wou meer.

pri Esperanto. Sed li verkis ankaŭ artikolojn, ekzemple por *De Gids*[5], pri egalrajteco de virinoj kaj viroj, kaj pri la demando kiam precize komenciĝas la vivo de homo: ĉu kiel embrio aŭ ĉu post naskiĝo. Ĉi tiajn aferojn li kapablis surpaperigi tre kompreneble, sed se li devis dependi de aliaj formoj de komunikado ol la skribaj, tuj komenciĝis por li problemoj. Tial li ja havis adaptitan laborpostenon ĉe la scienca instituto kie laboris mia edzino.

Tie oni ja prenis lin serioze, laŭ mia edzino, sed li ne ĉiam faciligis la vivon al siaj kolegoj. Amuza sed kompreneble ankaŭ ĝena anekdoto pri li estis ke, finfine persvadite de siaj kolegoj regali per kukoj je sia naskiĝtago, li efektive iris aĉeti tiujn kukojn, sed la fiksrimenoj de lia bicikla pakaĵportilo platigis la kukskatolon. Alian multediran rakonton publikigis Hans Ree en sia ŝakkolumno de la taggazeto *NRC Handelsblad* la 20-an de novembro 2010. Tiu peco, "Akraj ŝrikoj", temas pri kelkaj kazoj de ŝakkonkursoj interrompitaj de krioj: "La plej korŝiran krion mi aŭdis antaŭ longa tempo en Amsterdama klubvespero. Ĝi venis el la buŝo de Willem Verloren van Themaat. 'Verloren van Themaat' – tiel ni foje respondis al demando pri niaj ludrezultoj, eĉ kiam ni perdis kontraŭ iu alia.[6]" Verloren, skribis Ree, "estis, krom klera... ankaŭ iom mallerta". La rakonto pri la krio jenis: "En tiu vespero lia kontraŭulo ne aperis ĝustatempe ĉe la ŝaktabulo. En tia okazo oni premhaltigis la horloĝon de la kontraŭulo, kaj se tiu ne alvenis ene de unu horo, li perdis. (...) La korŝira kriego de Verloren van Themaat okazis post horo, kiam li malkovris ke hazarde li haltigis ne la horloĝon de sia kontraŭulo, sed sian propran, tiel ke li mem superis la tempon kaj perdis la ludon."

Mi mem spertis Willem Verloren van Themaat en 1981, dum la poezia festivalo Poetry International en Roterdamo. En tiu jaro la temo de la ĉiujara tradukprojekto estis la orientgermana poeto Erich Arendt (1903–1984), kaj Ton Naaijkens[7] kaj mi – ni estis amikoj kun Arendt kaj jam pli frue tradukis ties tekstojn – faris interliniajn nederlandigojn subtene por la nederlandlingvaj poetoj tradukantaj. Leo Vroman[8] estis unu el ili, same kiel Willem Verloren van Themaat, sed

---

5 La plej malnova literatura revuo de Nederlando

6 *Verloren* signifas *perdita* nederlande, kaj *verloren van Themaat* povas signifi "(mi) perdis kontraŭ Themaat".

7 Profesoro pri germana literaturo kaj tradukado, nederlandiginto i. a. de la verkaro de Paul Celan, redaktoro de *Filter* (1953-)

8 "Granda oldulo" de la nederlanda poezio, kontraŭkonvencia kaj multfaceta aŭtoro (1915-2014)

ĉi lasta kiel tradukanto al Esperanto. Neniu el la ĉeestantoj konsciis pri lia granda atingaro tiukampa, kaj eble ili estis same skeptikaj pri artefaritaj lingvoj kiel mi mem. Dum la tradukkunsidoj en Roterdamo en 1981 Verloren van Themaat regule alparolis. La ĉeflingvo estis la angla, kaj mi memoras ke li komencis ĉiun frazon per la vorto „mi" en tiu lingvo, dum li – same kiel li faris en sia labormedio – frapadis per sia kurbigita dekstra montrofingro la fingrartikojn de sia maldekstra pugno, iam eĉ multajn fojojn antaŭ ol lia frazo ekdiriĝis. Tio estis peniga vidaĵo kaj aŭdaĵo por tiuj kiuj konis la rakontojn pri Verloren, sed verŝajne ankaŭ por la cetera grupo de poetoj kaj tradukistoj. Kiel malfacile estis por Verloren socie interagi, montriĝis ĉe la vespero de Poetry International kie la tradukprojekto estis prezentita. Ankaŭ mia edzino ĉeestis, sed ĉar ŝi apartenis al alia segmento de lia vivo, daŭris longan tempon antaŭ ol Willem sukcesis mense trakti ŝian ĉeeston. Lian konfuziĝon akompanis milda versio de la krio priskribita de Hans Ree.

Willem Verloren van Themaat partoprenis Poetry International tial ke li ludis gravan rolon en la Esperanto-movado: sufiĉas ĉirkaŭrigardi en Interreto. Li verkis sciencfikcian romanon en Esperanto (*La akvariinfanoj*, 1976) kaj multe tradukis en kaj el tiu lingvo. Unu el liaj plej fierigaj atingoj estis la nederlandigo de ŝajne fama epopeo originale verkita en Esperanto de la skoto William Auld – kvankam eblas demandi sin ĉu ne iom strangas uzi artefaritan lingvon por esti komprenata ĉie en la mondo, kaj poste devi esti tradukita en la nederlanda lingvoregiono por esti legata verŝajne nur de esperantistoj.

Sed Willem Verloren van Themaat tradukis ankaŭ por la ĝenerala publiko. En 1979 aperis ĉe la eldonejo Boom *Aristoteles beschouwd als tijdgenoot* ("Aristotelo considerata kiel samtempulo"), traduko el la angla de libro de Henry B. Veatch, kaj en la sama jaro aperis *Wetenschap en hypothese* ("Scienco kaj hipotezo") de Henri Poincaré, el la franca. Filozofiaj verkoj do, laŭdifine malfacila laboro, sed tute konforma al la temoj kiujn li traktis en siaj eseoj kaj artikoloj. Kiel ekzemple tiu pri "La kultura valoro de scienco kaj arto kaj la socia pozicio de sciencisto kaj artisto" en 1982 en *De Gids*, kiu tamen devis trapasi la filtrilon de scienca kaj arta redaktistaro: Godfried van Benthem van den Berg, Henk Hofland, Harry Mulisch kaj Bram de Swaan. Tipe kaj ĝene estis ke elfalis numerofine la personaj detaloj pri Verloren, kaj ili devis postaperi korektaĵe en la sekva numero.

Se ĉi tio estus vera biografia skizo, mi devus indiki pliajn biografierojn, sed mi nur supraĵe esploris tiukampe. Kelkajn informojn havigas Esperantaj retejoj, kaj ni povas eltrovi ke Willem Anthony Verloren van Themaat estis filo de Reep verLoren van Themaat (1882-1982), elstara konstruinĝeniero, kiu havis tri infanojn kun sia dua edzino Lilly Fentener van Vlissingen (1887-1980). En Vikipedia artikolo pri la patro ni povas konstati ke la filo literumis sian nomon alimaniere, sed ankaŭ ke Verloren la juna heredis la fortikan makzelon de sia patro. Verŝajne eblus ekscii pli, sed kial mi esploru plu? Mi volis nur rememori pri iu kiun mi konis, eĉ se nur supraĵe, kaj kiu estis, jen la gravaĵo, tradukisto. La fakto ke li estis ankaŭ ekstravaganculo pruvas nur tion ke ankaŭ tradukistoj estas homoj kiel aliaj.

Unu el la poemoj en la volumeto kiu inspiris ĉi tiun verketon, estas "Himno al la vivo", kiu vortumas ĉiaspecajn revdezirojn: "Mi volas esti pozitrono", aŭ ĉi tiun: "Veturante laŭ Gelderse Kade[9], mi volas ke la trako de miaj kruroj / Iĝu unu kun la veturpado, kaj unu kun la akvo apuda". Traktiĝas ankaŭ filozofio: "Mi volas, en la Hegela dialektiko de la fenestroj / Vidi min milfoje reflektita en la mondon". Sed la poemo komenciĝas per ĉi tiuj du versoj: "Mi tradukos tutpaĝon da Bagavadgito / Nun al la lingvo de nia tempo: radioj, aŭtoj kaj tramoj".[10] Eble ankaŭ ĉi tiu estas stranga frazo, sed ĝi montras kie kuŝis la koro de Willem Verloren van Themaat.

---

9   Amsterdama kanalo kaj kaj-strato

10 "ik wil 'n positron zijn"... „Ik wil rijdend langs Gelderse Kade, de baan van mijn benen / Maken één met de baan, één met het water daarnaast."... „'k Wil in de Hegeliaanse dialektiek van de ramen / Duizenden keren mezelf zien in de wereld weerkaatst."... „Ik ga 'n ganslijke pagina Bhagavad-Gita vertalen / Nu in de taal dezer tijd: radio's, auto's en trams."

Smolanda
kvodlibeto

de Sten Johansson

I. La Kalmara Unio

En junio de 1397 aro da ŝipoj alproksimiĝis al la urbo Kalmar, navigante el nordo kaj sudo tra la malprofunda kaj rifoplena markolo de Kalmar, kiu disigas la insulon Öland aŭ Oelando de la ĉeftera provinco Småland aŭ Smolando. Dum antaŭaj jarcentoj tio aŭgurus rabadon, kaj dum postaj jarcentoj militon, sed ĉi-foje ne. Male alvenis sesdek sep potenculoj kun siaj sekvantaroj el tri reĝlandoj por interkonsenti pri eterna paco kaj unuiĝo de la tri skandinavaj regnoj.

La urbo mem, ĉe kies kajoj oni albordiĝis, ne estis tre rimarkinda el internacia vidpunkto. Inter la svedaj urboj de tiu tempo ĝi tamen estis gravega. Se escepti la hansan urbon Visby sur la insulo Gotlando, kiu dum iuj periodoj estis sub sveda regado, nur Stokholmo kaj Kalmar havis ĉirkaŭajn murojn kaj plurajn domojn el ŝtonoj inter la plimulto da lignaj dometoj. Stokholmo havis proksimume kvin mil kaj Kalmar eble du mil loĝantojn; en la ceteraj urboj oni kalkulis la loĝantojn plejparte en centoj. Krom kelkaj domoj de komercistoj ankaŭ la granda preĝejo de Kalmar estis el kalkoŝtonoj rompitaj en Oelando trans la markolo. Dum la mezepoko kaj eĉ ĝis la mezo de la deksepa jarcento Kalmar estis la plej suda urbo de Svedio, rolante kiel celo kaj elirpunkto de multaj kontaktoj kun la cetera mondo – kaj pacaj kaj militaj. Do la loko estis grava, sed eĉ pli grava estis la fortega kastelo staranta tuj apud la urbo. Oni nomis ĝin la ŝlosilo kaj seruro de la sveda regno.

La sveda reĝlando estis la laste fondita el la tri skandinavaj regnoj. Dum la mezepoko ĝi certagrade restis pli-malpli unuiĝo de provincoj, fondita de potenculoj el du ĉefgentoj: la sveonoj aŭ sveoj, laŭ kiuj oni nomis ĝin la sveda regno, kaj la gotoj (kiuj ne identis kun la Eŭropaj visigotoj kaj ostrogotoj, kvankam ili portis la saman nomon). Ĉiu provinco havis sian leĝaron, kaj laŭ tiuj la sveonoj de Uplando, la provinco ĉirkaŭ Upsalo, rajtis elekti reĝon, sed poste tiu devis vojaĝi tra la diversaj provincoj por esti aprobita. Esceptokaze tio ne prosperis al li; ekzemple la reĝo Ragnvald Knaphövde laŭdire estis mortigita de la vestrogotoj[1] ĉirkaŭ 1130 dum tia rondvojaĝo. La fonto de tiu rakonto tamen eble ne estas tute fidinda, ĉar tio okazis en la nebula estiĝo de sveda reĝlando. Verŝajne estus prave diri ke la elektado kaj aprobadoj de reĝo simple konfirmis, kiu el aro da kandidatoj montriĝis la plej potenca en la aktuala tempo, kaj ofte ne estis klare, kiu efektive reĝis en la momento.

Eble mi aldone menciu ke laŭ la leĝaro de Vestrogotio, la punpagoj pro murdo iom variis. Mortigi vestrogoton kostis 21 markojn, sveonon aŭ smolandanon 13 1/3, danon aŭ norvegon 9 kaj sklavon 3 markojn. Pri ne-skandinavoj la leĝo diris nenion, do oni supozeble rajtis murdi ilin senpage.

La urbo kaj kastelo de Kalmar situis en la provinco Smolando konsistanta el deko aŭ dekduo da landetoj, kiujn oni nomis kune la Landetoj, svede Smålanden. La plej grandaj el ili estis Finnveden sudokcidente, Värend sude, Möre sudoriente kaj Njudung meze. Kalmar situis en Möre, kiu estis sufiĉe fekunda terkultura regiono. La pliparto de la Landetoj tamen estis malpli fekundaj kaj havis reputacion de sovaĝeco, eble pro la situo ĉe la suda ekstremo de la reĝlando, plimalpli inter sveda kaj dana influoj. Tiu aparta situo havis gravan signifon dum jarcentoj kaj kunportis al la smolandanoj kaj ĝenojn kaj avantaĝojn. Kiam okazis militoj inter Danio kaj Svedio, Smolando ofte suferis pli ol aliaj regionoj. Sed aliokaze la loĝantoj povis uzi tiun baskulan pozicion por sia bono, simile al kio okazas hodiaŭ en parlamentoj kun multaj partioj.

La alvojaĝintaj potenculoj el Danio, Norvegio kaj Svedio kompreneble estis viroj. Sed ili estis kunvokitaj de virino, la dana reĝino Margareta aŭ Margrete Valdemarsdatter, kiu vivis de 1353 ĝis 1412. Ŝi estis la plej juna filino de la dana reĝo Valdemar, kiu reunuigis Danion post kriza epoko, kaj de lia edzino Helvig de Ŝlesvigo. Ŝia pli aĝa fratino Ingeborg estis edzinigita al la duko Henriko de Meklenburgo, konata kiel "la Ekzekutisto". Margareta mem estis fianĉinigita apenaŭ sesjara al la norvega reĝo Håkon Magnusson, la filo de Magnus Eriksson, iama

---

1   Loĝantoj de la provinco Västergötland aŭ Vestrogotio aŭ Okcidenta Gotio

reĝo de Svedio, Norvegio kaj Skanio[2], kaj ties reĝino Blanka aŭ Blanche de Namuro. Dekjara Margareta edziniĝis al Håkon, sed nur ekde ŝia dektria jaro ili kunvivis en Norvegio. Deksepjara ŝi naskis sian solan idon Olav aŭ Oluf, kiu sesjara estis elektita reĝo de Danio post la morto de Valdemar. Dekjara li fariĝis reĝo ankaŭ de Norvegio, post la morto de lia patro Håkon, kaj kiam Olav mem mortis deksesjara, lia patrino Margareta fariĝis reganto unue de Danio, poste ankaŭ de Norvegio.

En la dekkvara jarcento la tri skandinavaj reĝlandoj inkluzivis la tutan regionon, kiun ni nun nomas Nordio. Finnlando delonge estis parto de Svedio. Islando, la Feroaj insuloj, Ŝetlandoj, Orkadoj kaj la skandinava kolonio sur sudokcidenta Gronlando estis sub norvega regado, almenaŭ formale. Plej malvasta sed plej loĝata kaj evoluinta el la tri regnoj estis Danio, kiu krom la nuna teritorio inkludis ankaŭ kelkajn sudajn provincojn de la hodiaŭa Svedio. Ankaŭ Gotlando en la Balta maro periode estis sub dana regado. Pli frue Danio regis ankaŭ Estonion, sed en 1346 Valdemar vendis ĝin al la Germana aŭ Teŭtona Ordeno por financi sian reunuigon de Danio.

La bopatro de Margareta, Magnus Eriksson, regis Svedion kaj Norvegion de 1319, lastatempe periode en konkurado kun sia filo Håkon, svede Håkan. En 1364 tamen Albreĥto de Meklenburgo kaptis la potencon en Svedio kun subteno de iuj urboj kaj nobeloj. Aliaj tamen oponis lin, kaj en la 1380-aj jaroj Margareta komencis ribelon, en kiu ŝia flanko venkis kaj eĉ kaptis Albreĥton, kiu cetere estis bofrato de ŝia fratino Ingeborg. Provizore Margareta mem ekfunkciis kiel reganto, sed ŝi baldaŭ surtronigis sian pranevon Bogislav de Pomerio, kiu estis nepo de Ingeborg kaj do pranevo ankaŭ de Albreĥto. Entute la nordeŭropa historio tiuepoke ŝajnas unu granda familia kverelo.

Bogislav de Pomerio do – sub la pli skandinaveca nomo Eriko – fariĝis reĝo de Norvegio en 1389 kaj de Danio kaj Svedio en 1396. La 17-an de junio en 1397 oni kronis lin en Kalmar. La 20-an de julio, en la nomtago de Margareta, oni publikigis unian traktaĵon, kaj ekde tiu dato oni kutime kalkulas la Kalmaran Union. La plano de Margareta tamen ne estis limigita al nura komuna reĝo de tri landoj. Laŭ la unia traktaĵo la tri regnoj konservu eternan pacon inter si kaj helpu unu la alian kontraŭ eksteraj malamikoj, sub kio oni komprenu precipe la Hanson.

Ne facilas scii, ĉu la smolandanoj ĝenerale rimarkis ion ajn de la unia intertraktado. Eĉ malpli certas, kion la urbanoj de Kalmar pensis

2   Skanio: provinco iam en orienta Danio, nun en plej suda Svedio

pri la evento okazanta en la urbo kaj kastelo. Precize unu jaron antaŭe du ŝipoj el Kalmar, persekutante piratojn apud Gotlando, estis atakitaj de prusaj militŝipoj, kiuj same ĉasis piratojn kaj miskomprenis la kalmaranojn kiel tiajn. La prusoj kaptis kaj dronigis ilin, interalie du urbajn juĝistojn. Do povas esti ke la urbanoj sopiris pli fortan potencon, kiu povus krei iom da ordo sur la Balta maro.

Kiel en ĉiuj Svediaj urboj dum la mezepoko kaj eĉ longe poste, granda parto de la urbaj burĝoj estis germanoj, precipe de malaltgermana deveno, kvankam kelkaj el ili de generacioj loĝis en Svedio. Tre kredeble ili preferus Albreĥton, kiu havis bonajn rilatojn al la Hanso – aŭ pli ĝuste dependis de ĝi. Fakte, dum periodo antaŭ la Unio la urbo Kalmar estis rekonata kiel membro de la Hanso, kvankam ne inter la gravaj. La kamparanoj, kiuj tutcerte konsistigis pli ol naŭdek procentojn de la regna loĝantaro, eble pli favorus la Union, se iu ekhavus la ideon demandi ilin. Almenaŭ en postaj epokoj la smolandanoj ne volis ke landlimo disigu ilin de la pli sudaj najbaroj.

Kompreneble nek la Unio nek la paco inter la tri reĝlandoj fariĝis eterna, kiel oni antaŭdiris. Ĝi restis dum iom pli ol jarcento, kaj dum tiu tempo diversaj potenculoj renkontiĝis preskaŭ ĉiun duan jaron en Kalmar por intertrakti pri aferoj de la Unio. Reale oni povus rigardi la regadon de Eriko de Pomerio kaj la sekvantaj reĝoj kiel danan regadon de la tuta Nordio, kaj dum la dekkvina jarcento okazis senĉesaj ribeloj de svedoj, kiuj ne volis akcepti tion. Jen oni akceptis la danan unian reĝon, jen oni elektis propran svedan reĝon, kaj jen oni agnoskis neniun ajn reĝon sed nomis "regnestron" el iu sveda nobela familio. Unu el ili, Karl Knutsson Bonde, eĉ trifoje estis elektita reĝo. Fakte, svedaj regantoj alternis kun la uniaj reĝoj, regante dum pli-malpli duono de la tempo ĝis 1523, kiam Gustav Eriksson Vasa estis elektita reĝo de Svedio kaj la sveda regno definitive secesiis el la Kalmara Unio. En Norvegio male la dana regado daŭris ĝis 1814. Kaj dum tiuj jarcentoj okazis preskaŭ senĉesaj militoj inter la najbaraj landoj Svedio kaj Danio.

2. La ribelo de Dacke

Reĝo Gustavo montriĝis sufiĉe malsama reganto ol ĉiuj antaŭaj. Pri li estiĝis amaso da fantaziaj rakontoj, el kiuj kelkaj estas tiaj komunaj legendoj, kiajn oni rakontas ankaŭ pri aliaj naciaj herooj. Tamen eĉ la

historiaj faktoj estas rimarkindaj, kaj ne estas troigo nomi lin la fond-
into de la moderna Svedio. Li kreis veran ŝtaton, kia apenaŭ ekzistis
antaŭe, li transformis la regnon en heredan monarkion, li konstruis
kaj modernigis kastelojn, interalie tiun de Kalmar, li dungis profesiajn
soldatojn, kaj por tio li bezonis pli da impostoj kaj aliaj enspezoj, li
rompis kun la papo kaj enkondukis la reformacion de la eklezio, kaj
ĉio ĉi kompreneble vekis gravan kontraŭstaron de plej diversaj homoj.
Inter 1513 kaj 1523 regis la Kalmaran Union la dana reĝo Kristiano
la dua. El tiu jardeko li estis rekonata kiel reĝo de Svedio nur de 1520
ĝis 1521, sed tio sufiĉis por ke svedoj nomu lin Kristiano Tirano. En
Danio li faris klopodon por mildigi la servutosimilan staton de la danaj
kamparanoj, kio kompreneble ne popularigis lin inter la nobeloj. Kiam
li intertraktis kun svedaj nobeloj pri la regado de Svedio, li trompe
forkondukis ostaĝojn al mallibereco en Danio. Inter ili estis Gustav
Eriksson de la familio Vasa. Post militvenko Kristiano tamen estis ak-
ceptita kiel reĝo de Svedio, kion li dankis per la ekzekuto de okdeko da
nobeloj, kiujn li invitis al kronada festeno en Stokholmo. Inter la mor-
tigitoj estis la patro de Gustavo. La formala akuzo estis herezo kontraŭ
la katolika kredo. Unu klarigo de tio estas ke Kristiano tiam ankoraŭ
dependis de la papo Leo la deka kaj de sia bofrato, la German-Romia
imperiestro Karlo la kvina, dum liaj svedaj malamikoj dependis de la
Hanso.

Post kelka tempo en dana mallibereco Gustavo sukcesis fuĝi al
Lubeko, kie li klopodis gajni subtenon de la hansaj komercistoj por
ribelo kontraŭ Kristiano. Sendependa Svedio ja estus malpli grava
komerca konkuranto ol la Kalmara Unio. La lubekanoj tamen iom
prokrastis sian subtenon. Printempe en 1520 Gustavo revenis al Sve-
dio, surteriĝis apud Kalmar kaj komencis organizi sian ribelon. En
Kalmar kaj la landeto Möre la juna nobelo tamen ne gajnis anojn por
sia ribelplano, do li pluiris norden. Sed en la mezo de Smolando, en
la landeto Njudung kun ĉirkaŭaj regionoj, komenciĝis sendependa
ribelo en la vintro de 1521. La ĉefa kialo estis decido de reĝo Kris-
tiano ke la kamparanoj transdonu siajn armilojn, kiuj plejparte kon-
sistis el arbalestoj. (Fakte, kiam la svedaj provincoj kelkajn jardekojn
poste ricevis blazonojn, tiu de Smolando montris starantan leonon
kun arbalesto, kio ankoraŭ hodiaŭ restas la provinca simbolo.) Nu, tiu
ribelo baldaŭ estis venkita kaj brutale punata. Survoje reen al Danio
reĝo Kristiano ekzekutis plurajn ribelantojn kaj eĉ dronigis la abaton

kaj kelkajn monaĥojn de la monaĥejo Nydala, pro kio oni unuafoje alnomis lin Tirano.

Post diversaj aventuroj, kiuj generis aron da legendoj (memore de unu el ili oni hodiaŭ ĉiujare aranĝas la 90-kilometran ski-konkurson de Vasa), Gustav Eriksson sukcesis kolekti armeon el kamparanoj ĉefe el la provinco Dalekarlio, kaj per tiu li sukcesis venki la reĝon, esti nomita regnestro de Svedio kaj konkeri Stokholmon. Nun la urbanoj de Lubeko finfine prenis lin serioze kaj pruntis al li 120 000 lubekajn markojn por dungi germanajn profesiajn soldatojn, kiuj estis bezonataj por la plua milito kontraŭ la danoj. Intertempe la dana nobelaro tamen maldungis Kristianon kaj anstataŭe elektis Fredrikon la unuan kiel reĝon. Dank' al tio Gustavo la 6-an de junio 1523 povis esti nomita reĝo de Svedio, kaj per tio praktike finiĝis la Kalmara Unio.

Por la plua militado necesis pli da mono; krome la lubekaj komercistoj postulis repagon de la prunto. Svedio estis tre malriĉa lando suferanta pro la ĉiamaj militoj. Sed la katolika eklezio estis riĉa. Lastatempe konatiĝis la reformaj ideoj de Martin Luther, kaj tiuj konvenis perfekte por la bezonoj de la nova reĝo. Do li rezolute rompis kun la papo, ŝtatigis la eklezion kaj konfiskis ĝiajn bienojn kaj riĉaĵojn, kiel arĝentaĵojn kaj eĉ preĝejajn sonorilojn. Ĉi tio provokis ribelojn interalie de la dalekarlianoj, kiuj antaŭe helpis lin venki Kristianon, sed li sukcesis venki ankaŭ tiujn ribelojn. Pri reformado de la kredo kaj religia vivo oni komence ne multe okupiĝis, krom traduki la Novan Testamenton al la sveda lingvo en 1526. Sed plej gravis akiri la riĉaĵojn de la preĝejoj kaj la renton de la eksaj ekleziaj bienoj, kiuj nun jam estis reĝaj. Nur en 1540 li altrudis reformitajn diservojn kun meso en la sveda lingvo.

En Smolando la situo ĉe la landlimo alportis iom da apartaĵoj. Jam en 1505 la landetoj de suda Smolando faris formalan packontrakton kun siaj najbaroj sude de la limo, en kiu oni promesis konservi la pacon kaj averti unu la alian, se armeo alproksimiĝos. En 1507 la sveda regnestro Svante Nilsson Sture skribis en letero al la smolanda episkopo Ingemar en Växjö:

Kiaj intrigoj okazas inter la popolo tie sude, kio igas ĝin pli malobeema ol aliloke en la regno?

Kaj en 1511 la smolandanoj siavice sendis la jenan leteron al la dana reĝo Johano aŭ Hans, kiu volis imposti ilin:

Se ni donus al Via Moŝto nian imposton, nia propra regno malfa-
vorus nin; se ni male donus nian imposton al Sinjoro Svante, Via
Moŝto farus al ni tian detruon, kian ni suferis en la lasta vintro.
Tial ni retenos ĉe ni nian imposton dum ankoraŭ iom da tempo,
ĝis ni ekaŭdos, ĉu Dio konsentos al ni la gracon ke vi ambaŭ
akordiĝos aŭ ke ĉio venos en pli bonan situacion.

Por ĉiuj smolandaj landetoj la komerco trans la limon de Danio estis esenca. Oni vendis buteron, ledon kaj eksbovojn[3], kaj aĉetis salon kaj teksaĵojn, interalie. Tian senperan komercon la nova reĝo ne povis akcepti. Ĉia komerco devis iri tra la urboj kaj la reĝaj doganistoj. Li ankaŭ ne ŝatis la geedziĝojn, kiuj kreis familiajn ligojn trans la landlimon.

La malmildaj metodoj de reĝo Gustavo por konstrui sendependan regnon provokis plurajn ribelojn. Kelkloke oni murdis liajn impostistojn kaj rifuzis pagi la ĉiam kreskantajn impostojn. La punoj estis severaj. Somere de 1542 komenciĝis en la landeto Möre la plej ampleksa popola ribelo de la tuta sveda historio. Sub gvido de la simpla etbienulo Nils Dacke la ribelantoj baldaŭ konkeris ĉiujn smolandajn landetojn kaj la sudan parton de la grava provinco Östergötland aŭ Orienta Gotio. La profesiaj soldatoj malsukcesis en bataloj meze de arbaro, kie la smolandanoj uzis la metodon faligi amason da arboj en embuskan pelmelon, en kiu la soldatoj kaptiĝis kaj elmetiĝis al la arbalestoj de la ribelantoj. Por eviti ke ili pluiru norden al Stokholmo, reĝo Gustavo devis konsenti pacon kaj provizore cedi sian regadon de Smolando, kiu fariĝis kvazaŭ sendependa regneto sub regado de Dacke.

La programo kaj postuloj de la ribelantoj tamen ne estis tre revoluciaj, sed nur tio ke ĉio refariĝu "kiel en la malnova tempo", do antaŭ la kreskintaj postuloj de reĝo Gustavo. Ili postulis ankaŭ restarigon de la katolikaj diservoj.

La reĝo uzis la vintron de 1543 por efika propagandado per leteroj al aliaj provincoj kun la celo eviti ke ili aliĝu al la smolanda ribelo. Evidente li sukcesis pri tio, kaj printempe li rompis la pacon, atakante la ribelantojn. Nun la soldatoj pli bone lernis eviti la arbarajn embuskojn. Somere la ribelo jam estis pli-malpli subpremita, kvankam unuopaj bataloj daŭre okazis diversloke, kaj en aŭgusto soldatoj el la kastelo de Kalmar persekutis kaj mortigis la gvidanton Nils Dacke ĉe la dana landlimo. Oni portis lian kadavron al Kalmar, radumis ĝin kaj metis lian kapon sur palison kun kupra krono sur la verto kaj kun averta versaĵo:

---

3   Eksbovo = kastrita virbovo

Mi strangan ludon plenumi volis,
kie mi kiel reĝo rolis,
kaj vere mi ja suriris tronon,
ĉar jen mi ĉe Calmare portas kronon.

La venĝo de la reĝo estis severa, ne nur kontraŭ la ribelintoj kaj ties familioj, sed kontraŭ la tuta provinco Smolando. Sekvis mortpunoj, torturado, punpagoj, konfiskado de posedaĵoj, pli altaj impostoj kaj pli da deviga rekrutado de soldatoj en Smolando ol en la aliaj provincoj.

Laŭ la reĝa propagando Nils Dacke estis perfidulo, arbara rabisto kaj malĉastulo, kaj en la oficiala historio de Svedio tiu propaganda prijuĝo dominis ĝis la dudeka jarcento. Sed en Smolando oni ĝenerale memoras lin kiel heroon, kiu provis defendi la popolon kontraŭ tro kruda subpremado fare de la regnaj superuloj. Kaj en la smolandaj arbaroj apenaŭ ekzistas kavo, kie Dacke ne kaŝiĝis, dum oni persekutis lin, se kredi la lokajn legendojn. En la urbo Kalmar, kie mi naskiĝis kaj kreskis, oni trovas stratojn nomitajn kaj laŭ Gustavo Vasa kaj laŭ Nils Dacke, kvankam tiu lasta estiĝis nur en la 1940-aj jaroj. Kaj ekde la 1950-aj ekzistas eĉ strato nomita laŭ Arvid Västgöte, unu el la monavidaj impostistoj, kiujn mortigis Dacke. Eble oni povas konsideri tiujn stratnomojn tipa sveda kompromiso.

Cetere, ne nur en Smolando oni flegas la memoron de Nils Dacke. Ĉe la urbo Mjölby en Orienta Gotio okazis unu el la plej gravaj bataloj de la ribelo, kaj tie oni trovas ne nur straton, sed placon, parkon, lernejon kaj picejon nomatajn laŭ Dacke. La batalo tie finiĝis nedecidite.

3. Neestingebla amo al plantoj

Carl Linnæus (Lineo) naskiĝis en 1707, la 13-an de majo laŭ la julia kalendaro, kio respondas al la 24-a laŭ la gregoria, kiun Svedio enkondukis nur en 1753 – aŭ per liaj propraj vortoj: *ĝuste en la plej bela printempo, kiam la kukolo jam proklamis someron inter la monatoj de ekfoliado kaj ekflorado.* Li naskiĝis en ligna dometo, la vikariejo de Råshult en la kampara paroĥo Stenbrohult de suda Smolando, kie lia patrina avo kaj poste lia patro estis paroĥestroj. Jen paroĥo *kiu ŝajnas, kiam oni komparas ĉiujn lokojn kun ĝi, esti kvazaŭ reĝino inter la fratinoj [...] Jen kun la patrina lakto mi gravuris en min la diversajn figurojn de pluraj plantoj; ĉu iu loĝejo en la tuta mondo povas situi en pli agrabla loko, mi tre dubas.*

Mi baldaŭ citos multe pli el la vortoj de Lineo pri lia origina provinco Smolando. Sed unue mi memorigu kelkajn bazajn faktojn pri tiu patro de la botaniko. Li edukiĝis en la smolanda Växjö, studis en Upsalo kaj Nederlando, kie li eldonis sian epokfaran verkon *Systema Naturæ* kun la bazo de botanika klasado kaj nomenklaturo. Poste li servis kiel profesoro de medicino kaj botaniko en Upsalo. Li publikigis multe da pliaj verkoj kaj pli malfrue sendis siajn disĉiplojn en esplorvojaĝojn tra la tuta mondo (kie pluraj el ili mortis). Li mem plenumis kvin esplorvojaĝojn tra diversaj partoj de Svedio por trovi novajn naturajn resursojn, kiuj povus anstataŭi importaĵojn, laŭ la merkantilisma idealo de la epoko. La unuaj vojaĝoj iris al Laponio en 1732 (vidu *BA35*, p. 88) kaj Dalekarlio en 1734, kaj en la 1740-aj jaroj sekvis tri vojaĝoj al la pli sudaj provincoj. Sian propran Smolandon li tamen vizitis nur kiel *preterfluganta sovaĝa ansero aŭ migrobirdo, kiam mi kelkfoje rapide travojaĝis sen halto*. Kiel ni vidos, dum tiuj traflugoj li tamen notis ĉiajn detalojn same skrupule kiel en la veraj celoj de la vojaĝoj.

Kiel tipa sciencisto de la klerismo, Lineo interesiĝis pri ĉio. Mi notu mallonge du eble surprizajn temojn: En 1752 li publikigis *Nutrix Noverca*, kie li pledis por mamnutrado fare de la patrino, sen dungo de nutristino, kio en la epoko estis radikala propono por virinoj de la supera klaso. Kaj en la 1760-aj jaroj li faris serion da prelegoj sub la titolo *Pri la maniero kuniĝi*, kie li malprude kaj humure klarigis detalojn el la seksa kunestado de viroj kaj virinoj, interalie emfazante la ĝuon ankaŭ de la virinoj. La prelegoj estis publikigitaj anonime kaj ankoraŭ hodiaŭ legeblas kun plezuro. Li mortis en 1778 en Upsalo.

Sed jam temp' está por spikumi inter liaj notoj el la provinco Smolando, unue el 1741:

> *La urbo Kalmar de ekstere aspektis tute bonstata kun kastelo, baterioj, tomboj, redutoj kaj pli da similaj fortikaĵoj; la apudmara situo, la bela preĝejo kaj kelkaj ŝtonaj domoj igis ĝin plaĉa.*

Jen mi eble intervenu per klarigo ke post la tiel nomata Kalmara milito inter Svedio kaj Danio komence de la 17-a jarcento, kaj post terura brulego en 1647, la regantoj de Svedio decidis tute transloki la urbon Kalmar al insulo iom pli malproksime de la kastelo, pro strategia motivo, provizante ĝin per modernaj fortikaĵoj el ĉirkaŭa muro kun remparoj kaj redutoj. Post pluaj militoj la orient-danaj provincoj Skanio, Halando kaj Blekingo en 1658 tamen fariĝis sud-svedaj, kaj Kalmar ne plu situis proksime de la landlimo. Malgraŭ tio la translokado realiĝis, kvankam kun prokrasto de kelkaj jardekoj. Do la urbo, kiun Lineo vizitis en 1741, aĝis malpli ol jarcenton, kaj la baroka katedralo aĝis apenaŭ kvardek jarojn.

Ni paŝis de la armilejo kaj la urbo suden al la kastelo, kun la maro maldekstre kaj kampo ĉe la dekstra flanko, kaj la kastelo kontraŭ ni; sur tiu kampo kreskis apenaŭ io krom Hundolangoj[4] kaj Vira Sango[5].

Vira Sango estas planto, pri kiu oni multe parolas en Svedio; krome mi estis aparte admonita de pluraj parlamentanoj por zorge esplori, kia planto ĝi estas: pri kiu disvastiĝis la fabelo, ke ĝi plu ekzistas en neniu alia loko de la mondo krom ĉe la kastelo de Kalmar, kie ĝi laŭdire ekkreskis el la sango de svedoj kaj danoj, kiuj pereis sur tiu kampo en iamaj militoj. Tial ni estis des pli fervoraj rigardi tiel mirigan aferon en la naturo, ĉar la naturo kutimas nur konservi kaj disvastigi la kreitaĵojn, mem nenion kreante: do ni des pli konsterniĝis, vidante ke ĝi estas nenio alia ol la ordinara Ebulus aŭ Sambucus herbacea, kiu kreskas sovaĝe en la pliparto de Germanio, apud Växjö kaj en ĝardenoj, kaj kie ĝi jam penetris, ĝi tiel multiĝas, ke ne eblas ekstermi ĝin sen plej granda peno; tamen ĝia utilo estas pli granda ol ĝia rareco, precipe ĉar jen ĝi kreskas en rimarkinda kvanto, povante ĉiujare doni al ĉiuj apotekoj sufiĉe da ebulaj radiko, folioj, floroj, beroj, semoj, kaĉo, ŝelo, kiuj ĉiuj estas uzataj en la apotekoj. Kelkaj homoj en ĉi tiu urbo provis la berojn por tinkturo kaj diris al ni, ke ili donas bele violan koloron.

Ni vizitis la kastelon kaj rigardis ĝiajn murojn, kiuj eltenis tiom da kanonpafoj, kaj ĉirkaŭiris ĉiujn ĝiajn remparojn.

Kaj jen el 1749:

La herbejoj en Smolando plejparte plenas de belaj foliarboj, kiuj ĉi tie kreskas pli multe ol en la aliaj provincoj.

Jen la luliloj ĝenerale pendas de longa stango alfiksita horizontale sub la plafono, ligite al la elasta ekstremo de tiu stango, tiel ke ĝi dum la lulado subiĝas kaj leviĝas per si mem. Alie la luliloj kutime balanciĝas de unu flanko al la alia. En aliaj lokoj ili balanciĝas de la piedoj al la kapo, sed ĉi tie ĝi moviĝas perpendikle. Forta homo kuŝanta en ŝipo eksentas kapturnon kaj marmalsanon pro la balanciĝado. Ĉu la abunda vomado de infanoj eble kaŭziĝas de forta lulado? Ĝis nun neniu diris al ni, kiu maniero de lulado estas la plej milda. Certas ke la lulado estas milda moviĝado por la infanoj, same kiel la balanciĝado por gastoj de akvokuracejo.

---

4 *Cynoglossum officinale*
5 Ebulo, *Sambucus ebulus*

La lago Munkesjön situanta okcidente tuj apud Ekesjö nun en kvieta vetero montris al niaj okuloj, kiel bonege la Kreinto aranĝis nian mondon. La akvo nun estis senmova kaj klara kiel spegulo, reprezentante en si serenan ĉielon kun disaj nuboj kaj glimanta suno, kiu kuŝis rekte kontraŭ la supra, sed ĉe la bordoj ĝi montris belan arbaron kun renversitaj arboj. La saltantaj fiŝoj brilis ĉe la akvosurfaco, kaj la anasoj remis sur la akvo. Ĉio ĉi estis tiel miranda, ke mi scias nenion kompareblan al ĝi.

La urbo Växjö. Kiom ĉi tiu urbo grave prosperis, mi povis plej bone konstati, ĉar mi antaŭ pli ol 20 jaroj en mia infanaĝo restadis tie. Krom ĉio alia la multaj foliarboj plantitaj ambaŭflanke de la stratoj alportis ne malmultan belecon al la urbo. Växjö estas lokita kvazaŭ en centro inter la ĉirkaŭaj urboj, ĉar de Växjö al Jönköping, Karlskrona, Kalmar estas proksimume 12 mejloj[6], al Eksjö 10 kaj al Halmstad 14 mejloj.

La lernejo kaj gimnazio, kiuj estas inter la plej gravaj de la regno, en ĉi tiu tempo havis 210 scholares[7].

Brulsarkejojn[8], kiaj ĉie en Smolando videblas en la arbaroj, kaj kiujn kelkaj nomas utilaj sed aliaj sufiĉe malutilaj, ni zorge rigardis, prijuĝante la avantaĝon kaj malavantaĝon, kiujn ili faras al la lando; ĉar oni devas ne juĝi ilin laŭ unu sama leĝo en malsamaj lokoj.

Post tiu enkonduko sekvis detala klarigo, sed la tutan rezonadon pri brulsarkado Lineo ekskludis el sia raporto post la preso de kelkaj ekzempleroj, ĉar lia mecenato barono Hårleman tre malfavoris tiun metodon de kulturado. Anstataŭe li enmetis tekston pri sterkado. Sed mi spikumu plu:

La virinoj en ĉi tiu lando surhavis siajn malfermitajn korsaĵojn, kie nura linaĵo somere kovras la mamojn, kio ŝajnas miriga al tiuj, kiuj ne kutimas je tio, kvankam ili aliloke ja kutimis vidi la duonnudajn mamojn de nobelaj fraŭlinoj eksponitaj al aero kaj okuloj; sed rezonadi pli amplekse pri la vesto de virinoj, signifus surmeti al si tro grandan ŝarĝon, quantum est in rebus inane[9].

La produktaĵoj en la gubernio de Cronoberg[10] estas gudro, peĉo, potaso, tabuloj, traboj, iom da fero, iom da greno, iomete da butero, krome iomete da kupro kaj oro.

---

6 Sveda mejlo = 10 kilometroj
7 Lernejanoj
8 Brulsarki = bruligi arbaron por posta kelkjara terkulturado
9 Kiom da vanto estas en ĉio (latine)
10 Ekde 1634 la ŝtato dividis Smolandon en tri guberniojn, regatajn de guberniestroj.

La homoj de ambaŭ seksoj en ĉi tiu loko, same kiel en la plej multaj paroĥoj de Smolando apud la limo de Skanio aŭ Blekingo, kiel Wirestad, Torsåhs, Uhrshult ktp. plej ofte estas pli grandaj ol aliloke, kio sendube devenas el la nemiksita gento de la iamaj Gotoj, ĉar oni ĉi-sude malofte vidas fremdulojn, kaj la bienulo malofte edzinigas sian filinon al iu alia ol tiu, kiu naskiĝis en la paroĥo.

Eble indas komenti ke la historiisto Jordanes, kiu mem estis goto, en sia verko *De origine actibusque Getarum*[11] el 551 asertas ke la gotoj origine devenis de la insulo *Scandza*, tio estas el Skandinavio, kaj evidente Lineo kredis tion. Nunaj historiistoj konsideras tion legendo nepruvebla, kvankam estas fakto ke ankaŭ la gento en la nuna suda Svedio nomis sin gotoj, same kiel la loĝantoj de la Baltmara insulo Gotlando.

La paduso jam estis bela kaj preskaŭ kovrita de floroj, kiuj el granda distanco donis agrablan odoron, tiel ke apenaŭ iu alia sveda arbo estas pli plezure rigardebla ol la paduso, kiam ĝin kovras ĝiaj blankaj beroj kaj floroj.

La preĝejo de Stenbrohult situas ĉe la bordo de la granda lago Möcklen, kiu jen eniras per granda golfo kaj formas plej belan situon. La altaj alnoj malhelpas al la akvo ĉiujare fortranĉi la teron, kreskante tuj ĉe la akvorando.

La ĝardeno, kiun ĉi tie fondis mia patro, la paroĥestro sinjoro Nils Linnæus, havas pli multajn plantospecojn ol iu ajn ĝardeno en Smolando, kaj tiu ĝardeno kun la patrina lakto inflamigis mian animon per neestingebla amo al plantoj.

En ĉi tiu loko la herbejoj estas ĉirkaŭbaritaj kune kun la kampoj, kiuj ne estas aparte enfermitaj. Ili estas surkreskitaj de sufiĉe da foliarboj kaj multe da tilioj, sed koniferoj, kiel pinoj, piceoj kaj juniperoj, ne estas tolerataj sur ĉi tiuj belaj herbejoj. Jen amaso da ŝtonoj igas kaj la kampojn kaj la herbejojn malglataj kaj malfacilaj.

Ŝtonaroj kuŝas ĉie en la arbaroj, same ĉi tie kiel en la distrikto Gynge en Skanio, iam amasigitaj de la loĝantoj. Ili donas al ni ateston pri la multeco de loĝantoj en iamaj tempoj, kiujn tiel forte forviŝis ia granda pesto, ke la gento ankoraŭ ne povis atingi la nombron de la antaŭaj, ĉar kiam oni sarkis ĉi tiujn ŝtonajn kaj malfekundajn lokojn, la homdenseco sendube estis granda, kaj la loĝantaro almenaŭ kvaroble pli ol ĝi nun estas; ĉar kvankam ĉi tiuj deklivoj iam posedis pli da nigra humo, ili tamen ne havis malpli da ŝtonoj.

---

11 Pri la origino kaj agoj de la gotoj

*La rapojn oni semis sur brulsarkejoj en stranga maniero, kiun
ne ĉiu ĝardenisto konas. La kampulo lekis semojn, tiel ke kelkaj
semoj fiksiĝis sur la lango, kiujn li sputis el la buŝo ambaŭflanken
de si, tiel semante ilin en ĉiuj flankoj, tiel ke kiu vidus la viron ne
komprenante lian agadon pensus ke li estas freneza.*

4. Alumeti la mondon

Ankoraŭ antaŭ ducent jaroj la normala maniero ekbruligi ion estis
per fajrilo el ŝtalo kaj siliko. Ekde la 1830-aj jaroj oni tamen fabrikis
alumetojn, kiuj ekbrulis se oni frotis ilin kontraŭ io ajn malglata. Oni
produktis tiajn kun brulemaj substancoj el diversaj kemiaĵoj, kiuj ofte
estis ege venenaj. Sinmortigoj per alumetoj estis realaĵo, sed eble eĉ
pli ofte okazis akcidentaj veneniĝoj, precipe pro klopodoj abortigi.
Krome tiaj alumetoj facile ekbrulis senintence. Ankoraŭ en 1845,
kiam Hans Christian Andersen publikigis sian fabelon pri la malriĉega
knabino kun alumetoj, evidente temis pri tiaspecaj iloj:

*Ha, kia agrablaĵo estus nun unu alumeto! Se ŝi nur povus kuraĝi
elpreni unu el la skatoleto, ekfroti ĝin je la muro kaj varmigi al si
sur ĝi la fingrojn!*

En 1844 la svedo Gustaf Erik Pasch inventis la sekurec-alumeton,
kiu ekbrulis nur ĉe frotado kontraŭ speciala frotsurfaco de la skato-
leto. Jam en la sekva jaro la du fratoj Lundström en la smolanda urbo
Jönköping komencis amasan produktadon de tiaj sekurec-alumetoj,
kiuj baldaŭ fariĝis grava sveda eksportaĵo. En 1864 la fabriko en
Jönköping ekuzis plene aŭtomatan alumetproduktan maŝinon. Fine
de la 19-a jarcento ekzistis proksimume kvardek alumetfabrikoj en
Svedio, kaj pli ol duono de la produktado okazis en deko da urboj kaj
urbetoj en Smolando.

Sed baldaŭ la industrio koncentriĝis; la fabriko en Jönköping estis
la ĉefa, kiu travivis, famiĝis internacie kaj alumetis kandelojn, kuir-
ilojn, tabakon kaj ĉion ajn tra la mondo. En la 1920-aj kaj 30-aj jaroj la
svedaj alumetfabrikoj fariĝis partoj de la industria kaj financa impe-
rio de la riskema kapitalisto Ivar Kreuger. Li naskiĝis en la smolanda
Kalmar, kie lia patro kaj onklo fondis alumetfabrikon, sed li mem vivis
tre nomadan vivon kreante sian imperion. Li pruntedonis monon al
la registaroj de pluraj landoj, kontraŭ monopolaj rajtoj por la svedaj

alumetoj, kaj en 1930 lia kompanio produktis 75 procentojn de la alumetoj en la tuta mondo. Granda parto de ili tamen estis fabrikataj en aliaj landoj ol Svedio. Dum la granda depresio lia kompanio ekhavis financajn kaj jurajn problemojn, kaj en 1932 Kreuger pafmortigis sin en Parizo. Tuj poste lia imperio kolapsis. Oni tamen rekonstruis la alumetan kompanion, kiu povis plu funkcii en pli malgranda skalo.

En la 1950-aj kaj 60-aj jaroj la uzado de alumetoj malkreskis pro la apero de malmultekostaj fajriloj, sed eĉ hodiaŭ oni fakte produktas iom da alumetoj en Smolando. Oni kutime fabrikas la alumetojn el ligno de tremoloj, kiun oni saturas per parafino. La ekbruliga pinto hodiaŭ konsistas el kalia klorato kaj la frotsurfaco el ruĝa fosforo. Sulfuro ne plu estas uzata.

Svedio trapasis industriigon relative malfrue, sed la alumetfabrikoj kaj la teksejoj kaj ŝpinejoj estis inter la fruaj urbaj fabrikoj, kiuj dungis multajn laboristinojn kaj komence ankaŭ infanojn. Fine de la 19-a jarcento maŝinoj anstataŭis la infanojn.

Mi finu ĉi alumetan rakonton per citaĵo el *La mirinda vojaĝo de Nils Holgersson* de Selma Lagerlöf el 1906, kie la knabo Nils sorĉe transformita en fingruleton rajdas sur sovaĝaj anseroj, kiuj migras norden survoje al Laponio. La traduko estas mia propra, eldonita de Fonto en 2002:

> *Poste la anseroj iris super la fama alumetfabriko, kiu situas sur la bordo de Veter-lago, granda kiel fortikaĵo, streĉante siajn altajn fumtubojn kontraŭ la ĉielo. Neniu homo moviĝis sur la kortoj, sed en granda halo junaj laboristinoj plenigadis alumetskatolojn. Pro la bela vetero ili malfermis fenestron, kaj tra tiu penetris al ili la vokoj de la anseroj. Tiu, kiu sidis plej proksime al la fenestro, klinis sin eksteren kun alumetskatolo enmane, vokante: "Kien vi iros? Kien vi iros?" – "Al la lando, kie necesas nek kandeloj, nek alumetoj", diris la knabo. La knabino sendube kredis, ke ŝi aŭdis nur anseran gakadon, sed ĉar ŝi imagis distingi iujn vortojn, ŝi vokis responde: "Mi akompanu vin! Mi akompanu vin!" – "Ĉi-jare ne", respondis la knabo. "Ĉi-jare ne."*

> *Oriente de la fabrikoj altiĝas Jönköping sur la plej bela loko, kiun iu urbo povas okupi. La mallarĝa Veter-lago havas altajn, krutajn sablo-bordojn kaj oriente kaj okcidente, sed ĝuste en la sudo la sablomuroj estas rompitaj kvazaŭ por doni spacon al granda pordego, tra kiu oni atingas la lagon. Kaj meze de la pordego, kun montoj dekstre kaj montoj maldekstre, kun Munksjön dorse kaj Veter-lago fronte, situas Jönköping.*

La anseroj antaŭeniris super la longa, mallarĝa urbo kaj same bruadis tie, kiel en la kamparo. Sed en la urbo neniu respondis al ili. Oni ne povis atendi, ke la urbanoj haltu meze de la strato por voki al la anseroj.

5. Verki pri la hejma provinco

En 1999 la magazino de la svedaj publikaj bibliotekoj petis la popolon – aŭ pli precize la vizitantojn de la bibliotekoj – voĉdone nomi la plej bonajn svedajn librojn de la 20-a jarcento. Sur la tri unuaj lokoj de tiu furorlisto aperis du verkistoj el Smolando. La unuan lokon gajnis kvarvoluma romanego pri kelkaj kamparanoj, kiuj meze de la 19-a jarcento elmigras de Smolando al Minesoto en Usono. Ĝia aŭtoro estis Vilhelm Moberg (1898-1973), kiu naskiĝis en malriĉega hejmo de la arbara vilaĝeto Moshultamåla en sudorienta Smolando. La duan kaj trian lokojn okupis verkoj de Astrid Lindgren (1907-2002): *Pipi Ŝtrumpolonga* kaj *La fratoj Leonkoro*.

Ambaŭ verkistoj havis malfacilan junaĝon, sed en malsamaj manieroj, kaj ambaŭ frue forlasis la hejman regionon sed konservis kontakton kun ĝi. Vilhelm Moberg devis tuj post mallonga tempo en popola lernejo labori pri terkulturado, en la arbaro kaj en vitrofarejo. Poste li sukcesis akiri pli da scioj kaj eklaboris kiel ĵurnalisto kaj verkisto de humuraj noveloj en gazetoj. Astrid Lindgren venis el iom pli bonstata terkulturista familio apud la urbeto Vimmerby en nordorienta Smolando kaj trapasis iom pli longan lernadon. Ankaŭ ŝi eklaboris en loka ĵurnalo sed devis foriri pro skandalo: deknaŭjara ŝi naskis filon, kies patro estis ŝia edziĝinta ĉefredaktoro. Do ankaŭ ŝi devis multe labori por vivteni sin mem kaj la filon. Ŝia verkista kariero komenciĝis, kiam ŝi estis 38-jara patrino de du infanoj, kaj ĝi daŭris kvar jardekojn.

Ambaŭ verkistoj translokiĝis al Stokholmo kaj verkis plejparte en lokoj malproksime de la hejma provinco, sed pluraj el iliaj verkoj ja okazas en tiu. De Moberg ne nur la elmigrantoj venas de tie, sed ankaŭ pluraj aliaj romanoj estas lokitaj al Smolando. De Lindgren konatas *Emilo de Smolando* (kiu cetere okupis la sesan lokon en la furorlisto), sed ankaŭ la infanoj de *Bullerbyn* verŝajne loĝas tie, kvankam ne eksplicite. La plej multaj el ŝiaj libroj tamen ne okazas en reale rekonebla loko. Entute ŝi verkis preskaŭ kvardek infanlibrojn, kaj ili estas tradukitaj en pli ol cent lingvojn. En Esperanto aperis krom la jam menciita triopo ankaŭ *Mio, mia filo* kaj bitlibre en Interreto *Ronjo, rabista filino*. De Moberg aperis en *Fonto* n-ro 216 (decembro 1998) tripaĝa eltiraĵo el la romanego *La elmigrantoj*, kaj krome en n-ro 211 (julio 1998) la membiografia rakonto *Nudpiede*, ambaŭ en mia traduko. Vilhelm Moberg aktivis kiel politika debatanto, estante socialisto, respublikano kaj antinazio. Dum la dua mondmilito, kiam la oficiale neŭtrala Svedio cedis pri gravaj aferoj al Germanio, li verkis historian romanon pri ribelo en Smolando, inspiritan de la reala ribelo de Dacke sed evidente direktitan kontraŭ la nazioj kaj la sveda cedemo al Germanio. Ankaŭ poste li tre ofte akre debatis pri sociaj temoj, precipe la korupteco de ŝtataj funkciuloj. Ankaŭ Astrid Lindgren ofte iniciatis debatojn pri sociaj aferoj, precipe la rajtoj de infanoj kaj la bonfarto de bestoj.

Por kompreni la gravecon de la romanego de Moberg pri elmigrantoj, indas scii ke inter 1860 kaj 1920 pli ol miliono da svedoj migris al Usono, dum la loĝantaro de Svedio en 1860 estis kvar milionoj. Por Smolando la respektivaj nombroj estas preskaŭ 200 000 el duonmiliono da loĝantoj. En 1971 Jan Troell surbaze de la romano kreis filmon, kiu vekis grandan atenton kaj admiron.

Kinofilmojn oni faris ankaŭ surbaze de pluraj el la libroj de Astrid Lindgren. Kaj same kiel multaj famaj infanlibroj, ankaŭ la ŝiaj fariĝis bazo de alispecaj distraĵoj. En ŝia naskiĝloko en norda Smolando situas la amuzparko *Mondo de Astrid Lindgren*, kun medioj, konstruaĵoj kaj teatraj prezentadoj el ŝiaj verkoj. En Stokholmo ekzistas la muzeo *Junibacken*, kiu diversforme prezentas ŝiajn verkojn sed ankaŭ infanlibrojn de aliaj verkistoj.

6. Munti hejmon

Smolando estas arbara provinco. En tre frua tempo vilaĝanoj uzis la plej proksiman arbaron kiel paŝtejon, por preni brullignon kaj por produkti gudron, sed krom tio ĝi estis ĉefe ĉasejo kaj kaŝejo de rabistoj kaj ribelantoj. Sed en la dua duono de la 19-a jarcento la arbaro fariĝis resurso por la kreskanta industrio. Jam ekzistis paperfarejoj, kie oni transformis linajn ĉifonojn en paperon, sed nun oni inventis la metodon fari paperon el ligno, unue per kemia malkomponado. Kreskis paperfabrikoj diversloke, kaj la papero kaj papermaso eĉ hodiaŭ restas grava eksportaĵo. Ankaŭ segejoj kreiĝis multloke, kie disponeblis akvoforto en la arbaro. Konstruligno fariĝis eksportaĵo, sed krom tio oni komencis uzi la segitajn trunkojn por fabriki diversajn lignaĵojn. De ĉiam la plej multaj unufamiliaj domoj en Svedio estas konstruataj tute aŭ plejparte el ligno. Iom post iom oni malkovris ke estas racie kaj malpli koste produkti la domojn serie en fabriko por poste transporti la partojn al la konstruloko kaj munti ilin tie. Hodiaŭ inter 80 kaj 90 procentoj de la svedaj unufamiliaj domoj estas tiaj fabrike kreitaj munteblaj domoj, kaj preskaŭ duono el ili venas el aro da fabrikoj en Smolando. Temas plejparte ne pri luksaj domoj por riĉuloj sed pri etbuĝetaj loĝejoj por la popolo.

Alia industria branĉo, kiu kreskis surbaze de la multaj segejoj, estas la meblofabrikoj. Antaŭe meblofarado estis metio, en kiu oni kreis unuopajn meblojn mane, de la plej simplaj ĝis la plej luksaj. Sed ekde 1850 oni komencis disvolvi amasan produktadon de serie fabrikataj mebloj. Tipa smolanda lignaĵo estis la seĝo el stangoj de tornita betulaĵo, sed oni pli kaj pli produktis ĉiaspecajn meblojn por la enlanda merkato kaj eĉ por eksporto. Plejparte temis pri mebloj el pinaĵo, betulaĵo aŭ fagaĵo, sed en la 20-a jarcento oftiĝis ankaŭ mebloj el la surogato ligneraj platoj, fabrikitaj el defalaĵo el la segejoj.

En 1926 naskiĝis al paro en sudokcidenta Smolando knabeto. Liajn inicialojn kaj tiujn de lia iama adreso hodiaŭ konas milionoj da homoj en la mondo; li estis Ingvar Kamprad en Elmtaryd, Agunnaryd. Kiam li 17-jara fondis komercan kompanion por vendi diversaĵojn per poŝtmendo, li nomis ĝin plej simple laŭ siaj nomo kaj adreso: IKEA.

La patrino de Ingvar estis filino de smolandaj butikistoj; la patro filo de bonstataj germanaj enmigrintoj, kiuj en 1896 ial aĉetis bienon en la arbara paroĥo Agunnaryd. Jam kiel infano li vendis etaĵojn, interalie alumetojn, kaj poste per sia kompanio fontplumojn, nilonajn ŝtrumpojn kaj alion. Ekde 1947 li vendis ankaŭ meblojn el diversaj smolandaj meblofabrikoj. Liaj du bazaj ideoj jam dekomence estis: Unue eviti perantojn en formo de butikoj, due vendi malmultekoste sed amase, kompensante malaltan procentan prezaldonon per granda kvanto.

Dum la dua mondmilito kaj plu en la 50-aj jaroj Ingvar Kamprad estis ano kaj ioma aktivulo unue de nazia, poste de faŝisma organizaĵo.

Ĉi tio konatiĝis nur en la 90-aj kaj 00-aj jaroj. Li mem klarigis tion per junula eraro, plus liaj germanaj geavoj. La avino estis sudetgermano, kaj ŝia plej feliĉa momento en la vivo okazis en 1938, kiam Germanio aneksis Sudetlandon, pro kio ŝi ege amis Hitleron.

En 1953 Ingvar Kamprad aĉetis lignaĵfabrikon en la proksima urbeto Älmhult en la plej suda Smolando kaj transformis ĝin en ekspoziciejon de siaj varoj. Samtempe li komencis pri siaj famaj (aŭ fifamaj) plataj paketoj kaj mebloj, kiujn la kliento mem devas munti hejme. En 1958 la ekspoziciejo fariĝis ankaŭ vendejo; tiam pli kaj pli da svedoj jam estis aŭtoposedantoj kaj do povis mem prizorgi ankaŭ la transportadon de la aĉetitaj mebloj. Tamen oni plu liveris ankaŭ per poŝto kaj fervojo al la tuta Svedio. En 1963 oni malfermis apud Oslo en Norvegio la duan vendejon, kaj en 1965 la duan en Svedio, sude de Stokholmo.

Pro la malaltaj prezoj de IKEA la tradiciaj svedaj meblovendejoj lanĉis bojkoton, en kiu ili devigis partopreni multajn meblofabrikojn. Tiam Kamprad elturniĝis farante interkonsenton kun Pollando, kiu tre bezonis okcidentan valuton kaj do povis proponi eĉ pli favorajn prezojn de produktataj mebloj.

Laŭ multaj atestoj la firmao IKEA havas propran kulturon, kiu dependas ĉefe de la aparta personeco de Ingvar Kamprad. Ĝi ŝajnas esti ia kombino de patriarkeco kaj novigemo sen komercaj antaŭjuĝoj. Pri li mem ekzistas multaj anekdotoj, pli aŭ malpli veraj. Unu, kiun mi trovas amuza, estas la jena: Ie en la mondo oni malfermas novan IKEA-magazenon. Kiel kutime Kamprad vizitas ĝin kaj interalie stariĝas ĉe unu el la kasoj, helpante klientojn paki la varojn en butiksakojn. Vidante lin, unu klientino diras al sia filo: "Jen rigardu, se vi ne lernos diligente, vi eble fariĝos kiel tiu kompatinda viro, kiu devas fari tian laboraĉon eĉ en sia maljunaĝo!"

En 2012 Ingvar Kamprad estis la kvina plej riĉa persono de la mondo. Li mortis en 2018, sed lia familio plu regas la kompanion. En marto 2021 ekzistis 422 IKEA-magazenoj en 50 landoj. En 2022 oni tamen anoncis ke oni fermos la 17 magazenojn en Rusio pro la rusa invado de Ukrainio.

La dezajno favorata de IKEA estas etbuĝeta varianto de tipa skandinava meblodezajno de la 20-a jarcento. Plej elstarajn ekzemplojn de tiu stilo oni eble trovas en Danio kaj Finnlando, sed ankaŭ en Svedio ekzistis tre bonaj meblodezajnistoj, kiel ekzemple Carl Malmsten. Sed la smolanda varianto kompreneble favoras simplecon, amasfabrik-

adon kaj malaltan koston. Kaj munteblon, finfine. Esence kaj deko-
mence temas tamen pri reago kontraŭ la peza, ornamita, malhela stilo
ŝatata de la burĝa klaso antaŭ jarcento ankaŭ en Nordio, kun impor-
titaj lignoj kiel mahagono, palisandro kaj tektono, purpura pluŝo kaj
oraj franĝoj kaj kvastoj. En la skandinava dezajno de la 20-a jarcento
oni male favoras la proprajn helajn lignojn el pinoj, betuloj kaj fagoj
kaj malpezajn formojn sen ornamoj. Evidente tio estas pli oportuna
stilo por muntebla meblo liverata en plata pakaĵo.

7. La avaraj smolandanoj

Metu smolandanon sur rokon en la maro, kaj li satiĝos skrapante.
Donu al li kapron, kaj li riĉiĝos.

Jen unu el pluraj tradiciaj proverboj aŭ popolaj diraĵoj pri la loĝantoj
de la provinco Smolando. Kaj jen alia:

Antaŭ Nia Sinjoro ni ĉiuj estas smolandanoj.

La intencata senco de la unua sendube estas evidenta; ĝi aludas
kapablon elturniĝi kaj eĉ prosperi per malmulte da rimedoj. La dua
esprimas ian egalecan ideon, laŭ kiu oni ne estu pli aplomba aŭ fieraĉa
ol la modestaj smolandanoj. Ambaŭ baziĝas sur tio ke Smolando longe
estis malriĉa arbara provinco ĉirkaŭata de pli riĉaj kaj fekundaj re-
gionoj. La malriĉeco do naskis modestecon, elturniĝemon kaj eĉ
inĝenion, se kredi la stereotipojn.

Smolando diferencas de aliaj provincoj per sia disa kaj etskala
karaktero sen evidenta centro. Kiel mi klarigis pli frue, ĝi estis ori-
gine aro da landetoj. Neniu el la urboj dominas, kaj administre ĝi de-
longe konsistas el tri regionoj nomataj gubernioj. La terkulturaj bie-
noj plejparte situas dise, pli-malpli kiel maldensejoj en la arbaro. Eĉ
la industriigo fine de la 19-a kaj komence de la 20-a jarcentoj okazis
dise kaj etskale. Mi jam traktis la alumetfabrikojn, domfabrikojn kaj
meblofabrikojn. Alia specialaĵo estis la multaj vitrofarejoj en la sud-
oriento de la provinco. El tiu fabrikaro hodiaŭ restas nur unu granda
fabriko, krom kelkaj etskalaj vitrofarejoj. Da segejoj, lignaĵejoj kaj
paperfabrikoj ankoraŭ restas pli multaj.

La okcidenta parto de la provinco estas konata pro etaj industriaj
entreprenoj fonditaj de unuopuloj, kio eĉ pli nutras la kliŝon pri eltro-
vemo. Tipa anekdoto temas pri iu viro, kiu ekproduktas tukpinĉilojn

en sia aŭtejo kaj riĉiĝas, kiel tiu kun kapro sur la roko. Hodiaŭ tamen la plej vaste konata stereotipo pri ni smolandanoj estas nia laŭdira avareco, kiu havas longan historion kaj kompreneble ŝuldiĝas al la iama malriĉeco kaj avareco de la naturo. Dume, la iama kliŝo pri sovaĝaj kaj malobeemaj smolandanoj, pri kiuj plendadis reĝo Gustavo Vasa kaj aliaj antaŭ kvincent jaroj, apenaŭ plu vivas. Eble eĉ male, ĉar precipe la humileco, modesteco kaj emo kontentiĝi per malmulto estas pli ofte menciataj.

En la komenco de *La mirinda vojaĝo de Nils Holgersson* Selma Lagerlöf prezentas fabelon pri la estiĝo de Smolando kaj ties loĝantoj. La protagonisto Nils loĝas en Skanio, kaj pri la skanianoj ekzistas same multaj kliŝaj opinioj kiel pri la smolandanoj, tamen pli-malpli malaj. Antaŭ ol esti sorĉe transformita en fingruleton, Nils renkontas du malriĉajn kaj supozeble orfajn infanojn el Smolando. Unu el ili, Eta Mats, rakontas al li *malnovan popolan legendon* pri kiel Nia Sinjoro – tio estas Dio – kreis Skanion. Ĝi fariĝis *fekunda kaj facile kultivebla lando*. Sankta Petro volis kunhelpi, do Dio taskis al li finfari Smolandon, pri kiu Dio jam komencis. Sed pro la mallerteco de Sankta Petro tiu lando fariĝis sufiĉe mizera:

> *Kie estis plej bone, argilo kaj peza gruzo kuŝis sur la rokplatoj, sed ĝi ŝajnis tiel malgrasa, ke estis facile kompreni, ke tie kreskos apenaŭ io alia ol piceo kaj junipero kaj musko kaj eriko. Kio troviĝis abunde, tio estis akvo. Ĝi plenigis ĉiujn fendojn en la roka grundo; kaj ĉie oni vidis lagojn, riverojn kaj riveretojn, se ne paroli pri torfejoj kaj marĉoj, kiuj etendis sin sur grandaj vastoj. Kaj plej bedaŭrinde estis, ke dum kelkaj regionoj havis superfluon da akvo, en aliaj lokoj ĝi tiel mankis, ke grandaj vastoj etendiĝis kiel sekaj erikejoj, kie sablo kaj tero leviĝis kiel nuboj pro la plej malforta vento. [...]*

> *Sankta Petro tamen ne perdis la kuraĝon, sed li provis konsoli Nian Sinjoron. "Ne tiel malĝoju pro tio!" li diris. "Nur atendu, ĝis mi havos tempon krei homojn, kiuj povos kultivi la torfejojn kaj fari kampojn el la ŝtonaj deklivoj!"*

> *Tiam finfine elĉerpiĝis la pacienco de Nia Sinjoro, kaj li diris: "Ne, vi povas iri malsupren al Skanio, kiun mi faris bona kaj facile prizorgebla lando, por krei la skanianon, sed la smolandanon mi mem volas krei." Kaj poste Nia Sinjoro kreis la smolandanon, kaj li faris lin vigla kaj nepostulema kaj gaja kaj diligenta kaj entreprenema kaj lerta, por ke li povu vivteni sin en sia malriĉa lando.*

PANORAMO DE

La Granda Insulo

N° 01/2024

Januaro

€ 30 la jara abono

ekde 2014 aperas monate krom en julio kaj aŭgusto

SKANDALOJ PRI AVERIA RIZO KAJ BESTMALSATO

Averia rizo

La afero pri transformado de averia rizo en Mahajanga en kiu pluraj aŭtoritatuloj estis implikitaj, daŭras. La enkarcerigo de la prefekto de Mahajanga kaj la direktorino de la regiona komerco est-

deris ilin kiel simplajn tiu afero tre politika. la urbo estis enketitaj kuruptado PAC tamen enkarcerigitaj.

Tiu prefekto estis el de la ordono por eligi la ŝiphaveno same vicprezidantino de la putitoj kaj la delegita

igis klaĉaĵojn. luj konsi-propekajn kaprojn en Multaj el la gravuloj de de la buroo kontraŭ nur sep homoj estis

inter la subskribintoj la avarian rizon el kiel la regionestro, la deputitaro, du aliaj de-urbestro. Sed ŝajnas

ke la homoj proksimaj al la nuna prezidento ne estas minacitaj je enkarcerigo kaj tion la observantoj denuncas. Oni intencis purigi per maŝino la averian rizon antaŭ ol